Schnee fällt auf die Hüte · Kriminalroman

Kay Borowsky

Schnee fällt auf die Hüte

Kriminalroman

Gunter Narr Verlag Tübingen

Typographie und Einband: Horst Schmid
Druck: Gulde, Tübingen
Bindearbeit: Geiger, Poltringen
Printed in Germany

ISBN 3-87808-192-8

Inhalt

Ein schöner Sommertag	9
Kirrmaier entgeht einem Korb	14
Also doch!	20
Jongleure und Seiltänzer	27
Vertrauen gegen Vertrauen	34
Das erste Gesicht	39
Privatstunden	46
Kleider, Bücher, Leichen	52
Ein voller Saal	56
Guguu-guck!	63
Schach der Dame!	68
In den Wäldern	76
Es lebe der König!	84
Lauter sympathische Menschen	92
Balkan-Platte	99
Der Zettel	103
Wiedersehen und Abschied	110
Zu heiß!	117
Besuch in einem unaufgeräumten Zimmer	121
Das Gesicht mit der Maske	127
Vor der Kirche	133

"Das Absolute", sagte die Maga und stieß Steinchen mit dem Fuß von Pfütze zu Pfütze. "Was ist ein Absolutes, Horacio?"

"Sieh mal", sagte Oliveira, "das ist der Augenblick, wo etwas seine tiefste Tiefe erreicht hat, seine äußerste Reichweite, seinen letzten Sinn, und damit aufhört, interessant zu sein."

Julio Cortázar, Rayuela

Ein schöner Sommertag

"Wie kommt man denn aus dieser verdammten Stadt wieder heraus?" erscholl eine kräftige Männerstimme.

Der Student der Philologie schaute auf. Aus dem Führerhaus eines mächtigen Transporters blickte ein bärtiges Gesicht halb wütend, halb spöttisch auf ihn herab.

Der Student grinste. "Das frage ich mich schon die ganzen letzten zehn Jahre", antwortete er. Dann erklärte er dem Fahrer den Weg aus dem Labyrinth der Einbahnstraßen. Auch so ein armes Schwein, dachte er, als er dem Wagen hinterhersah. Immer eingeschlossen in diesem Käfig da oben, nie richtig aufdrehen können, Appetitlosigkeit wegen der Auspuffgase, Ärger mit den Kunden, Ärger mit dem Chef. Von wegen Fernfahrerromantik – längst vorbei, ein nüchterner, harter Beruf wie jeder andere auch heutzutage.

Der Student, Kirrmaier mit Namen, ging nun die Hauptstraße in Richtung Universität hinunter. Es war weder eine Pracht- noch eine Einkaufsstraße und war in den Stunden, wenn die Studentenmassen auf ihr hinauf- und hinabströmten – hin zur Uni, fort von der Uni – unerträglich. Wenn einem in der Menge nicht ab und zu ein hübsches Mädchengesicht aufgefallen wäre. . .

Es war ein schöner Sommertag, auf dieser Straße allerdings war's ein gräßlicher: die Hitze strahlte von den Häuserwänden auf die Passanten herab, es roch nach aufgeweichtem Teer und schweißgebadeten Körpern. Das Hemd klebte einem am Leib, widerlich. Jetzt ein Weizenbier, dachte Kirrmaier, und der letzte Rest von Wasser lief ihm im Munde zusammen. Nein, noch nicht, untersagte er sich die Erfüllung dieses bescheidenen Wunsches, zuerst die Arbeit. Eine Schwedenmilch tut's auch, unten im Klubhaus.

Er warf einen Blick auf den alten Botanischen Garten, der linkerhand im Schatten hoher Bäume lag. Im Grase räkelten sich Pärchen, auf dem Rasen spielten zwei Unermüdliche Federball. Nein, da dürfte es in der Bibliothek kühler sein, dachte er, wenn's dort auch langweiliger ist; drei Stunden sollte ich noch arbeiten.

Er erreichte das Klubhaus, betrat den Raum mit den immergleichen Stühlen und Verkäufern und dem immergleichen muffigen Geruch, kaufte sich eine Schwedenmilch, ging ein paar Meter weiter und schleppte sich die Stufen zur alten Universitäts-Bibliothek hinauf. Die schwere Tür aufzudrücken, das erforderte heute besondere Kraft. Einer äußersten Willensanstrengung aber bedurfte es, am Musikraum vorbeizugehen. Dort gemütlich sitzen und eine Schallplatte anhören, ein paar Klavierstücke von Ravel oder Satie, das wäre das Glück dieses Spätnachmittages gewesen. Er entging der Versuchung mit knapper Not, beschleunigte seine Schritte und gelangte zu den Kopiergeräten, wo Stöße kopierten Papiers wuchsen und wuchsen. Kopieren geht über Studieren – das Motto des fortschrittlichen Studenten, ging es Kirrmaier durch den Kopf, das sollte man über den Eingang dieses Gebäudes schreiben. Schließlich hatte er den langen Korridor überwunden, der die alte Bibliothek mit der neuen verband, und betrat den erfreulich kühlen Lesesaal.

An seinem Platz vom Vormittag lag noch alles so, wie er es verlassen hatte, er konnte gleich weiterarbeiten, was er auch eine Weile tapfer tat. Doch dann schweiften seine Blicke und Gedanken ab. Er bemerkte, daß der vor ihm Sitzende, ein Student der Betriebswirtschaft, wie er wußte, einen mächtigen Hintern hatte; er war entzückt von dem Auftritt einer blutjungen Studentin, die den Saal betrat und zielstrebig, ja fast trotzig auf ein voluminöses Lexikon zusteuerte, das sie kaum aus dem Regal heben konnte; dann wieder schaute er mit Vergnügen einem sehr alten dicklichen Männlein mit Glatze und Knollennase zu, das sich, mit einer Lupe bewaffnet, unbeirrbar über sehr viel ältere Folianten beugte und so aussah, als habe es schon seit zehn Jahren keine Zeitung mehr gelesen.

Ich sollte endlich mit dieser Zeitungsleserei aufhören, dachte Kirrmaier, immer dieselben Rezensenten, dieselben Wendungen, ja dieselben Bücher, hatte man allmählich den Eindruck. "Schnee fällt auf die Hüte" – ob dieser Satz wohl jemals geschrieben oder gesagt worden war, auf deutsch oder in irgendeiner anderen Sprache? Der zweite Satz fügte sich zwanglos an: "die Köpfe sind längst ab" – voilà, da kroch ja ein Gedicht aus Kirrmaiers Innern hervor und streckte keck seinen Kopf in den Bücherfriedhof hinein, in dem sein Schöpfer, sein Creator ex nihilo, saß, um sich auf seine Prüfung vorzubereiten.

Jetzt hieß es: Konzentration! Kirrmaier schirmte sich von der Umwelt ab, die er zwar noch wahrnahm, aber so, als würden ihm von einem anderen Beobachter lediglich gewisse Daten über das mitgeteilt, was außerhalb von ihm vorging. Fraglich, ob er später imstande gewesen wäre, auch nur zwei von ihnen korrekt wiederzugeben. Der Bleistift fuhr rasch übers Papier hin, stockte, strich, setzte von neuem an – ein Prozeß, den noch kein Computer zu simulieren vermochte, und ein paar Minuten später hielt er ein schwer entzifferbares, aber fertiges Gedicht in der Hand, das er hastig und neugierig auf ein anderes Blatt übertrug.

Zwölf Zeilen, zwölf Sätze oder Teilsätze, die gerade eben, unergründlich, auf welche Weise gesteuert, in ein bestimmtes, charakteristisches und, wie es schien, nur so mögliches Verhältnis zueinander getreten waren. Die Sätze, die der geheimnisvolle Generator aus sich entlassen hatte, waren äußerst einfach. Ihre Kombination aber, das, was der Leser als ihren Sinn wahrnehmen und in sich aufnehmen würde, war um einiges komplizierter, befand sich auf einer anderen, wenngleich noch relativ niedrigen Stufe der Lyrik-Skala. Ob er es dem Dickarschigen vor sich verehren sollte? Oder dem Männlein mit der Knollennase? Wie würde die junge Studentin von vorhin auf dieses Gebilde reagieren? Zu einem Spaziergang würde sie ihn wohl kaum einladen, aber zu dem käme es auch ohne das Gedicht nicht, mithin könnte sein Werkchen, wenn man von dieser realistischen Beurteilung seiner Chancen ausging, nichts verderben. Sollte er es wagen? Er lehnte sich zurück und las das Gedicht stumm, aber mit der notwendigen Intonation, wobei er gleichzeitig einen hartnäckigen Gedanken nicht ganz ausschalten konnte: die simple Frage, ob sich das Mädchen noch im Saal befand. Die zwölf Zeilen lauteten:

Schnee fällt auf die Hüte,
die Köpfe sind längst ab.
Ach du meine Güte,
man nimmt an ihrer statt

ganz einfach alte Töpfe,
die hallen so schön dumpf.
Man braucht nicht immer Köpfe
als Abschluß auf dem Rumpf.

Und sollte jemand fragen,
wo denn die Köpfe sind,
so kann man ruhig sagen:
im Himmel, liebes Kind.

Kirrmaier entgeht einem Korb

Ja, sie war noch da. Sie hatte sich in ihrer ganzen Pracht, bedeckt und auch wieder nicht bedeckt von irgendetwas Hauchdünn-Sommerlichem, an einem Tisch niedergelassen und las in einem Taschenbuch. Immer wieder konsultierte sie das große Lexikon, und sie tat es mit einer gewichtigen, sicher einem älteren Semester abgeguckten Gestik und Mimik.

Wohl eine Französisch- oder Englisch-Studentin, überlegte Kirrmaier, ein Häschen, das sich zum Sprachenstudium berufen fühlt, weil es rasch ist im Nachplappern von Sätzen. Er faltete das Blatt mit den zwölf Zeilen zusammen, steckte es in seine rechte innere Jackettasche, stand auf und ging zur Wand mit den Lexika hinüber, die sich nahe am Saaleingang befand. Was er genau sagen würde, wußte er noch nicht, es würde ihm schon rechtzeitig einfallen. Eine Einladung vielleicht? Ja, am Besten gleich einladen für den Abend, zu einem Balkanteller im Petrović, dazu einen Weißen, wie hieß er doch gleich – Žilavka, das war der Name.

Kirrmaier näherte sich von hinten dem Tisch der Schönen, war nun auf gleicher Höhe – und ging vorbei. An der Lexikon-Wand stehend und sinnlos auf Titel und Signaturen starrend, schalt er sich einen ausgemachten

Dummkopf und Feigling. Wer einmal vorbeigeht, geht immer vorbei, diese Erfahrungstatsache würde sich also auch in diesem Fall bestätigen. Nein, diesmal nicht. Kirrmaier riß sich zusammen. Die Gültigkeit dieses Spruchs würde er heute, und zwar hier und jetzt, außer Kraft setzen. Er drehte sich um, nahm den Tisch ins Visier und startete mit der äußersten Entschlossenheit. Da hob die Schöne in dem entscheidenden Moment, als Kirrmaier den Mund aufmachen wollte, ihr feines Köpfchen, schaute zur Tür, nickte, ergriff ihr Taschenbüchlein, erhob sich und ging rasch hinaus; das Lexikon blieb aufgeschlagen auf dem Tisch zurück, mochten sich kräftigere Leser darum kümmern, daß es wieder an seinen Standort kam.

In der Tat, das konnte man schon ein 'älteres Semester' nennen, was da draußen vor dem Eingang in Ruhe die kleine Erstsemestrige in Empfang nahm: eine mächtige behaarte Pranke legte sich um die ach so zerbrechliche Taille, das Persönchen reckte sich an der breiten Brust des Wartenden empor – ein Küßchen –, und beide verschwanden aus dem Gesichtskreis des verwirrten Beobachters. Auch gut, dachte der, das hat mir wenigstens einen Korb erspart. Und fast heiter verließ auch er die Bibliothek, schlenderte die Hauptstraße ins Zentrum zurück, kaufte sich eine Karte für die Abendvorstellung im Kino "Hirsch" und ging in die Alte Mensa.

Er war einer der ersten, der Essensgestank war noch nicht richtig ausgebrochen. Der Kartenverkäufer streckte seinen hohen Ostpreußen-Schädel mit dem breitflächigen Gesicht in den Aufzug hinein und rief etwas zum ersten Stock hinauf, von dem das frische Geschirr und das Essen herabgelassen wurden. Der Rumpf ohne Kopf, der im Dunkeln verschwunden war, stand einen Augenblick reglos da, und wäre er von einem Fallbeil vom Kopf getrennt worden, so hätte er nun in sich zusammensinken müssen. Doch der Kopf kehrte zurück und der Körper war wieder komplett. Der Kartenverkäufer schloß den Aufzug, wartete ein wenig, horchte, dann zog er ihn wieder auf und holte Stapel von Geschirr heraus, das von dem heißen Wasser, mit dem es offenbar gerade gespült worden war, noch dampfte. Mit der nächsten Fuhre kam ein Kessel voll Salat, dann einer mit Spaghetti und einer mit roter Soße, was zusammen die bekannte und beliebte Spaghetti Bolognaise ergab – der abendliche Schmaus konnte beginnen.

Allmählich drängten die Massen herein, Kirrmaier schlang die letzten Löffel seines Nachschlags hinunter, trug seinen Teller zur Theke, wo sich in einer Ecke das schmutzige Geschirr schon zu türmen begann, und drängte zum Ausgang. Bis zum Beginn der Vorstellung blieb noch eine knappe Stunde, jetzt war das Weizenbier fällig.

In der "Stadtpost" gab es noch freie Tische, was sich bald ändern würde: das Lokal war trotz seines eher bescheidenen Aussehens ein beliebter Treffpunkt. Wenn man jemand suchte, konnte man sicher sein, ihn hier irgendwann im Laufe des Abends zu finden. Viele guckten auch nur zur Tür herein, um zu sehen, ob Bekannte drinsaßen, und zogen weiter, ein Hin und Her, das einen ständigen Luftzug verursachte.

Kirrmaier setzte sich ins winzige Nebenzimmer, nahm die Zitronenscheibe aus dem Weizenbier, das Ella, die wieselflinke Bedienung, ihm sofort gebracht hatte, preßte sie leicht aus und legte sie in den leeren Aschenbecher. Am Nebentisch bekam ein Gast Saitenwürstchen mit Kartoffelsalat, auf den er ausgiebig Salz und Pfeffer streute. Hätte ich auch essen können, ärgerte sich der glücklich einem Korb Entronnene, dazu einen gemischten Salat, das wäre sicher besser gewesen als der Mensa-Fraß. Fürstlich war das Essen nicht, das der "Prinz Karl" bot, wie die Mensa ausgerechnet hieß, nicht einmal als gut bürgerlich konnte man es bezeichnen. Nun ja, für Bürger war dieser Ort des Essens auch nicht gedacht, die Besucher waren Studenten, also war das Essen auch nicht bürgerlich.

Draußen fuhr mit eingeschalteter Sirene ein Polizei-Auto vorbei. Die Zeit: dreiviertel acht, es empfahl sich, allmählich zum Kino hinüber zu gehen, in wenigen Minuten würde der Ansturm der Besucher einsetzen. Er zahlte. Als er um die Ecke bog und die kurze Gasse betrat, in der der "Hirsch", lag, die abendliche Heimat so vieler Studenten dieser Stadt, sah er sich einer großen Menschenmenge gegenüber. Am Kino standen mehrere Polizisten und sperrten den Zugang ab. Jetzt hörte Kirrmaier hinter sich die Sirene des Rotkreuz-Wagens und sprang zur Seite. Die Menge wich unter den Rufen der Polizei auf den Bürgersteig zurück, der Wagen fuhr dicht an den Eingang heran, zwei Helfer stürzten mit der Tragbahre ins Gebäude.

Kirrmaier war nicht sensationslüstern, aber er wartete, ob sich die Sache nicht rasch klären würde – er wollte auf seinen Film nicht gerne verzichten. Eine Weile tat sich nichts, dann kamen die beiden Rotkreuz-Helfer wieder zum Vorschein. Die Tragbahre war leer.

"Es wird jemandem schlecht geworden sein", meinte einer aus der Menge, "so eng und stickig, wie das da oben ist."

"Vielleicht hat er sich am guten Mensaessen übergessen", witzelte ein anderer, und ein paar der Umstehenden lachten.

Für einen Augenblick kam es Kirrmaier so vor, als habe er unter all den Köpfen eben ein bekanntes Gesicht gesehen. War es nicht die Erstsemestrige aus der Bibliothek? Aber bevor er noch suchen konnte, wurde er abgelenkt: ein Herr in dunkelblauem Anzug erschien auf der Schwelle des Kinos und rief etwas vom Ausfallen der Vorstellung, von der Gültigkeit der Eintrittskarten für den nächsten Tag und von einem tragischen Unglücksfall.

Ja, tragisch, dachte Kirrmaier ironisch, für alles haben sie dieses idiotische 'tragisch' zur Hand. Wo aber wirklich eine tragische Situation eintritt, da wird sie von niemandem erkannt. Unzufrieden wollte er fortgehen, da hörte er ein Wort, das ihn zurückhielt. Zuerst war es nur geflüstert worden, jetzt aber wurde es schon deutlicher ausgesprochen. Irgend jemand hatte es als erster gesagt, niemand wäre imstande gewesen, seine Herkunft festzustellen, dafür nahmen es jetzt umso mehr Leute unkontrolliert in den Mund: Mord, so hieß das Zauberwort, das plötzlich die Runde machte und alle wie hypnotisiert stehenbleiben ließ.

"Wenn die Polizei clever wäre, würde sie sofort die ganze Altstadt abriegeln, vielleicht steht der Mörder hier unter uns und überlegt sich gerade, in welche Richtung er verschwinden soll", sagte einer mit wichtiger Miene.

"Sie haben zu viel Krimis gelesen", sagte ein anderer.

"Und wenn der doch hier vor dem Kino steht?" ließ der erste nicht locker. "Wenn er nur darauf wartet, bis die ersten aufbrechen, um sich dann unauffällig mit allen wegzuschleichen?"

Der Gedanke ist gar nicht so dumm, gab ihm Kirrmaier recht. Doch das sagte er nicht laut, sondern zu sich selbst, er war kein Mann öffentlicher Diskussionen. Er stand noch eine Weile da und hielt unwillkürlich nach einem bestimmten Gesicht Ausschau, aber vergebens. Dann forderte die Polizei die Menge auf, sich zu zerstreuen. Also verließ er den Ort und ging in die "Blaue Brücke", die eine etwas spätere Anfangszeit hatte. Der Hauptfilm lief schon, und er erwies sich als gar nicht schlecht, er war besser, als man es von der Reklame her hatte erwarten können. In dem Raum saßen wenige Menschen, die Luft war nicht schlecht, und eine Zartbitter-Schokolade, die er sich an der Kasse gekauft hatte, ließ ihn die ausgefallene Vorstellung im "Hirsch" bald verschmerzen.

Also doch!

“Der Ermordete, Friedrich P., ist 1,87 m groß, kräftig, hat dunkelbraunes, gewelltes und nach hinten gekämmtes Haar und stark behaarte Unterarme. Er trug zuletzt ein kariertes rotes Hemd mit aufgekrempelten Ärmeln und eine hellgraue Hose. Er studierte Geschichte und Politik und war im vierzehnten Semester. An der hiesigen Universität war er erst seit einem Semester immatrikuliert.” Die Zeitung gab die Bitte der Polizei um sachdienliche Hinweise an die Bevölkerung weiter.

Also doch ein Mord! dachte Kirrmaier vor dem Zeitungskasten an der Wand der Druckerei, und mit ihm riefen das wohl all die anderen, die wie er am Abend vorher beim Kino “Hirsch” vergebens auf den Einlaß gewartet hatten. Er betrat das Uhland-Bad und kaufte eine Karte für eine zwanzigminütige Dusche. Er mußte eine halbe Stunde warten – viele Studenten hatten nur irgendeine elende Waschgelegenheit, von einer Dusche, einem Bad gar konnte keine Rede sein. So kam man morgens hierher und wartete geduldig, bis man an der Reihe war. Jetzt wurde Kirrmaiers Nummer aufgerufen, und er betrat die frisch aufgewischte Kabine. Als er die beiden Wasserhähne aufgedreht und eine Mischung zwischen heiß und kalt erzeugt hatte, kam ihm unter der Dusche das Gesicht des Mädchens in den Sinn, und zwar so, wie es in jenem Augenblick ausgesehen hatte, als sie kurz aufsah, ihr Taschenbuch ergriff und aufstand, um zu dem Wartenden hinauszugehen. Er sah dieses Gesicht jetzt außerordentlich deutlich vor sich – es war angsterfüllt! Ja, er erinnerte sich nun, es konnte gar keinen Zweifel geben.

Er überlegte: vielleicht hatte sie im gleichen Augenblick, als er sich von der Bücherwand löste, seine Absicht geahnt und war bei dem Gedanken, gleich angesprochen zu werden, erschrocken? Nein, so schreckenerregend sah er nun auch wieder nicht aus, und das Mädchen selbst hatte auch nicht so erschreckbar gewirkt, als daß ein Männerwort sie hätte umwerfen können. Mit ihm und seiner Absicht, sie anzusprechen, stand ihre Angst wohl in keinem Zusammenhang.

"Der Mörder ist gefaßt! Hans Kirrmaier, ein 'ewiger Student' und, wie er selbst zu Protokoll gibt, "verbittert durch die ständigen Zurückweisungen seitens des weiblichen Geschlechts", stürzte sich mit einem Klappmesser Schweizer Herkunft" – Kirrmaier unterbrach seine Phantasien und trat vor den kleinen Spiegel, den er in einer Ecke der Kabine bemerkt hatte. Für einen Mörder bin ich eigentlich zu intelligent, dachte er, ich will einmal sehen, wie ein intelligenter Mörder aussieht. Er wischte über den beschlagenen Spiegel und blickte hinein. Hoffnungslos, sagte er, schnitt sich selbst eine Fratze und lachte sich aus.

Eine halbe Stunde später ging er über die Brücke, auf der sich schon einige Touristen aufhielten, um die berühmte Häuserfront mit dem Hölderlin-Turm abzulichten. Dann ging er links die kleine Gasse hinauf und kaufte sich beim Bäcker an der Ecke drei Käse-Kirsch-Kuchen, die er anschließend auf einer Bank hinter der Kirche verspeiste.

In der Kirche war es angenehm still, die Atmosphäre beruhigte. Ja brauchte er denn Beruhigung? Er dachte nach, und er kam nur auf die Prüfung, die aber erst im nächsten Jahr stattfinden würde und vielleicht auch dann noch nicht. Ach so, diese Mordgeschichte, fiel es ihm ein. Und da erst kam es ihm zum Bewußtsein, daß er sofort, gleich beim ersten Lesen der Zeitungsnotiz, den Ermordeten mit niemand anderem als mit jener kräftigen, an den Unterarmen stark behaarten Gestalt gleichgesetzt hatte, die ihm bei seinem Ansprech-Versuch in der Bibliothek in die Quere gekommen war. Schau, schau! rief er, über sich selbst erschrocken, so schnell geht das. Angenommen, es würde ein Mörder gesucht, dessen Beschreibung auf diesen Mann zuträfe – ich hätte wohl nicht gezögert, ihn als den Mörder zu identifizieren.

Die Tür ging auf, eine Mädchengestalt trat herein. Sie tat ein paar Schritte, doch als sie gewahr wurde, daß sie nicht allein war, verließ sie die Kirche sofort wieder. Meine Anwesenheit hat sie gestört, dachte Kirrmaier schuldbewußt, sie wollte wohl für sich sein. Er folgte ihr, doch ohne sie finden zu wollen, und er fand sie auch nicht.

Gegenüber der Kirche befand sich die Buchhandlung, in der er nicht selten ganze Stunden des Tages verbrachte. Ein originelles Personal trieb hier sein Wesen: eine ehemalige Heidegger-Schülerin, die 'Wesende', wie seinerzeit die Studienkollegen sie getauft hatten, eine scharfe Denkerin mit einem ebenso scharfen Profil, ausgestattet mit außerordentlichen Kenntnissen auf verschiedenen Gebieten der Wissenschaft und der Kunst. Sie war, da die Gesellschaft ungewöhnliche und vor allem konsequente Köpfe nicht braucht, ja sich vor ihnen fürchtet und sie von sich abstößt, schließlich hier untergekommen und wartete darauf, daß das Trauma, das ihr der einige Monate ausgeübte Schuldienst geschlagen hatte, vernarben würde. Sie war tatsächlich ungewöhnlich beschlagen, was sich bis in die Kreise der Lehrenden an der Universität herumgesprochen hatte. Aber nicht selten war sie auch angeschlagen, wenn sie morgens durch die Hintertür ins Geschäft schlich. Zu ihrem eigenen Kummer nämlich erlag sie in gewissen Abständen einer Cognac-Leidenschaft, was ihren ausgemergelten und gänzlich dem Geist unterworfenen Körper arg beutelte. Dann sah man sie den ganzen Vormittag mit einem Heidegger-Band durch den Laden gehen – es war, als leiste sie bei ihrem Meister Abbitte und erwarte, aus seinen Schriften neue Kräfte zu empfangen. Sie ließ in allem nur das höchste Niveau gelten, das lediglich unter Beachtung der neuesten Forschung auf dem Gebiete der Seins-Ontologie erreichbar war, ihr Urteil kannte keine Gnade und war gefürchtet. Adorno-Anhängern ging sie aus dem Wege. Aus einem schwer erkennbaren Grund, der letzten Endes aber nur sie und Heidegger etwas anging, war sie jedoch nicht imstande gewesen, ihrem immensen Wissen in Form einer Dissertation einen kleinen Ausweg aus ihrem Kopf zu schaffen.

Dann war da ein an Wissen nicht ärmerer Polyhistor, ein kleiner fülliger Mann mit einer ölglänzenden Schmachtlocke, für die die Franzosen die witzige Bezeichnung accroche-coeur haben. Er war mit einem gesunden Appetit gesegnet und liebte es, abends einen guten Wein zu trinken und frühmorgens im Schwimmbad eine Anzahl Längen zu schwimmen. Er war bei all seinem theoretischen Wissen ein großer Arbeiter vor dem Herrn und räumte im Laden ein, auf und aus, daß es eine Art hatte. Auch von ihm erwartete man schon seit Jahren vergebens eine Dissertation, obwohl er die erforderlichen Hauptseminare mit besten Noten absolviert hatte und in Kolloquien und Privatissimae das Glanzlicht war. Ferner hatte das Haus einen promovierten venenkranken Slawisten zu bieten, einen geriebenen Burschen, der irgendein Zeug für die Wochenendbeilagen der Zeitungen schrieb, Humoresken, wie es schien. Er saß gewöhnlich auf einer kalten Klappleiter, wovon er Hämorrhoiden bekam. Ab und zu half noch ein junger Student aus, ein sympathischer Junge, der von seinem Äußeren her an den Indianer in dem Film "Einer flog über das Kuckucksnest" erinnerte. Die Seele des Geschäfts aber war ein zu allen freundlicher junger Balte, der die Technik der 'Kundenpflege', wie seine Kollegen das scherzhaft nannten, perfekt beherrschte; es war der Kronprinz, der seit Jahren darauf wartete, Geschäftsführer zu werden. Stand man nah vor ihm, bemerkte man auf seinem linken Ohrläppchen einen Leberfleck, der die Form eines Maikäfers hatte. Er kann auch fliegen, sagte er, wenn er in guter Stimmung war, und er bewegte das Ohr vor und zurück.

Der Chef schließlich war ein feiner alter Herr, der die Bücher, die er verkaufte, auch las, wenigstens die, die zählten. Leider hatte er eine kleine Angewohnheit, die ein wenig störend wirken konnte: wenn er aus irgend einem Grunde in Aufregung geriet, schloß er krampfhaft die Augen und machte mit dem linken Unterarm fortwährend ruckartige Bewegungen, so daß der Ärmel seines Jacketts auf und nieder fuhr.

So konnte denn ein ahnungsloser Kunde, der zum ersten Mal in dieses Geschäft schneite, in ein wahres Kuriositätenkabinett geraten: wenn er zur Tür hereintrat, stand rechts die ungewöhnlich magere Wesende mit ihrem auffallend scharfgeschnittenen Profil schief und völlig verkatert hinter der Kasse, die Haare nur mit Mühe zu einem Knoten zusammengefaßt, das Kleid zerknittert, die Schuhe vor Jahren endgültig zum letzten Mal geputzt, und murmelte Sätze aus Heideggers "Feldweg" vor sich hin wie ein Gebet; dann folgte links neben der Treppe auf der Klappleiter der Slawist, der seine Beine in die Höhe streckte, um die Venen zu entlasten, und auf Zettel hastig irgendwelche Sätze schrieb; hinten, an der Tür zum Lager, mochte der kleine Dicke mit der Schmachtlocke stehen und listig durch den Rauch seiner Zigarette zwinkern; auf dem Treppenabsatz, der die Treppe in zwei Hälften teilte, trat einem untertänig lächelnd der Kundenpfleger entgegen, bereit, wenn es der Kunde wünschte, Räder zu schlagen und Salti mortali zu zeigen; und oben konnte der 'Indianer' mit durchdringendem Blick auf den Nähertretenden herabschauen, wobei er leicht von einem Bein auf das andere wippte und sich so in einer permanenten Schaukelbewegung befand. "Die Welt ausbalancieren", sagte er vor sich hin, "man muß die Welt ausbalancieren." Kam dann noch, zur Vervollständigung des Bildes, der Prinzipal in Unruhe aus dem Büro im ersten Stock auf die Treppe zugelaufen, die Augen geschlossen und mit auf- und niederhüpfendem Handgelenk und vor- und zurückspringendem Rockärmel, und trat aus der Nebentür der schweigsame und leicht unheimlich wirkende Bote herein, der die schwersten Bücherlasten fortschleppen konnte, so wußte ein Uneingeweihter nicht, ob er lachen oder sich fürchten sollte.

Kirrmaier, der hier ein häufiger Kunde war, tat weder das eine noch das andere, als er den Laden betrat – und prallte doch zurück: vor ihm stand, vor der Auslage mit den Neuerscheinungen in ein Buch vertieft, die schöne Unbekannte.

Jongleure und Seiltänzer

Im Hintergrund des Ladens, bei der Tür, die zum Taschenbuchlager führte, standen die Wesende und der kleine Dicke mit der Schmachtlocke und unterhielten sich. Das Gespräch dieser beiden Exhibitionisten des assoziativen Gedächtnisses verlief wie immer in bestimmten, man könnte sagen, ritualisierten Bahnen: sie machte eine Andeutung hinsichtlich eines Leitmotivs aus einer Wagner-Oper, er bot sofort aus dem Kopf und fast wörtlich den Kommentar der neuesten wissenschaftlichen Abhandlung zu dieser Stelle; sie las laut den ersten Satz aus einem gerade erschienenen Roman vor, er lieferte, daran anschließend, den Totalverriß des ganzen Buches in Form eines Bonmots. Sie sagte Heidegger, er Kehre, sie Metaphysik, er Holzweg, sie Ontologie, er Wesensschau – so warfen sich diese beiden Ritter des Geistes die Bälle zu, und wer nicht annähernd das gleiche Wissen hatte wie sie, der verstand weder die wesentlichen Ideen des Gesprächs, noch die raffinierten Anspielungen, ja er kapierte nicht einmal, worum es überhaupt ging. Persönliche Probleme oder solche von allgemein-öffentlichem Interesse wurden von ihnen gewöhnlich nicht berührt, nicht weil sie diese für unwesentlich gehalten hätten, nicht, weil sie perfekte Eskapisten gewesen wären, sondern weil diese Art einer völlig durchliterarisierten Konversation während der Arbeitszeit die beste Zerstreuung war und weil dieses Jonglieren, anders als ein ernsthaftes Gespräch, jederzeit unterbrochen und wieder aufgenommen werden konnte. Der Slawist hatte erstaunt festgestellt, daß die beiden auch nach einer längeren Unterbrechung immer wußten, wo sie stehengeblieben waren und daß derjenige, der seinen Satz in der Mitte hatte aufgeben müssen, unter genauer Wahrung der eine halbe Stunde zuvor gewählten grammatikalischen Konstruktion den Faden wiederaufnahm, sobald es die Umstände gestatteten. Schwindelerregend, dachte er, wozu da noch schreiben?

Kirrmaier ging zum Sessel hinter dem Kamin, setzte die Bücher, die auf ihm lagen, auf den Boden und nahm vorsichtig Platz – ein Bein wackelte, wie er wußte, man durfte sich nicht zurücklehnen. Die Unbekannte, die ihm so unbekannt mit einem Mal gar nicht mehr erschien, obwohl sie noch kein Wort miteinander gewechselt hatten, nahm mehrere Bücher, die sie sich beiseite gelegt hatte, und stieg die Treppe zum ersten Stock hinauf. Dort war es geräumiger als hier unten, wo schon eine Handvoll Leute ein Gedränge verursachten. Oben, in der Theologie, standen die berühmten Ledersessel, wo jahrelang und äußerst publikumswirksam ein berühmter Philosoph und ein nicht minder berühmter Rhetorik-Professor an einem bestimmten Tag in der Woche stundenlang miteinander diskutiert hatten und so das Renommée des Ladens mit erbauen halfen.

Die Tür öffnete sich, und herein trat ein kleiner älterer Herr mit feinen Gesichtszügen und schmalen, fast waagrechten Augenbrauen, ein Philosophie-Dozent. Kirrmaier hatte in der Vergangenheit mehrere seiner Veranstaltungen besucht, über Ästhetik, über moderne Kunsttheorien, über die Philosophie der Kunst. Er war von dem Mann fasziniert: er verstand es, die scheinbar einfachsten philosophischen Gedanken und Probleme so zu zergliedern und von allen Seiten zu beleuchten, daß einem vor den sich plötzlich in den Weg stellenden Aporien und den unvermutet sich auftuenden Abgründen schwindelte. Man mußte allerdings Geduld haben, denn seine Sätze nahmen kein Ende, seine Satzkonstruktionen waren, wie seine Gedanken, auf ein Offenes, nie Endendes, nie endgültig dingfest zu Machendes hin angelegt, es war eine Verfertigung des Denkens beim Sprechen, ein Abenteuer, dem man sich bedingungslos ausliefern mußte. Da wurde der erste Gedanke unterbrochen, ein zweiter begonnen, eine Parenthese eingeschoben, die einen dritten, erst noch zu erwartenden Gedanken ankündigte, dann wurde am Torso des ersten weitergebaut, immer wieder durch kleine Parallel-Schaltungen an den zweiten erinnert, der scheinbar an Interesse eingebüßt hatte, die Parenthese, die alle schon längst für beendet hielten, wurde überraschend fortgesetzt, und mit einem Mal erstrahlte die neue Idee, für die alle vorherigen Ausführungen nur das Terrain hatten ebnen müssen, in all ihrer Schönheit, auf die aber doch, nachdem der erste Gedanke offenbar zu einem glücklichen Ende geführt worden war und der zweite noch ein wenig in der Luft hing, ein gewisser Schatten fiel, denn auch sie hatte sich zuerst im Dunkel des Zweifels zu bewähren, und dieser brachte neue Gedanken mit neuen Sätzen, die die Zuhörer vor neue Aporien und an neue Abgründe führten.

Wollte man auch für ihn, wie schon für die beiden Jongleure, einen Begriff aus der Equilibristik wählen, so konnte man an den Beruf des ohne Netz und doppelten

Boden arbeitenden Seiltänzers denken: so wie dieser bei seinem Gehen über das Seil auf einen weit nach rechts und nach links wegführenden langen Stab angewiesen ist, so benötigte auch er, um das Gleichgewicht zu halten, eine Vielzahl von Gedanken, die, der jeweiligen Entwicklung entsprechend, vom Hauptgedanken wegführten, denn mit diesem allein würde man nicht weit kommen.

Der Dicke mit der Schmachtlocke näherte sich ihm, hellwach und gespannt, was der Philosophie-Dozent wohl zu kaufen oder zu wissen begehrte. 'Nietzsche' – das Stichwort war gefallen, seine Witterung sog begierig den Namen ein, und in seinem enzyklopädischen Gehirn leuchteten tausende von Lämpchen auf und signalisierten: hier ist Nietzsche, und hier und hier und hier!

Der Philosophie-Dozent war ein schweigsamer Mann, der Dicke hingegen liebte das Dozieren – das war zu dieser frühen Morgenstunde die Konstellation, und die Zeichen standen für den ersteren nicht gut: der Dicke, der sich in demselben Augenblick, da er den Mund auftat, ja schon vorher, als er das Stichwort Nietzsche vernahm, von der Ebene des Angestellten, der dem Kunden zu Diensten zu sein hat, auf das Niveau des gleichberechtigten Gesprächspartners erhob, von dem man etwas lernen konnte, brachte mit zwei überleitenden Sätzen die Rede elegant auf Nietzsches Nachlaß, und eine arglose kleine Zwischenfrage seines Gegenübers gab ihm die Gelegenheit, weit ausholend alle editorischen und sonstigen Probleme zu erörtern, die sich angesichts der komplizierten Forschungslage ergaben.

Dem Dozenten begann zu schwindeln, aber nicht etwa deswegen, weil er in tiefe Abgründe geblickt oder sich an harten Aporien den Kopf wundgeschlagen hätte, sondern weil er zu seiner Vorlesung mußte, die in einer Viertelstunde begann. Das Ende des Semesters nahte, und er wollte heute noch unbedingt den einen wichtigen Gedanken weiterführen, womöglich abschließen, dessen Fortführung er in der letzten Stunde nur noch kurz hatte skizzieren können. Ganz von neuem wieder aufnehmen konnte er ihn nicht: zu viele Gabeln drohten, zu viele Möglichkeiten, nach links oder nach rechts weiterzudenken, womöglich gar noch rückwärts gehen zu müssen, denn noch allzu viel nicht zuende Gedachtes hatte am Weg, über den der Hauptgedanke langsam vorwärtsschritt, unerledigt liegenbleiben müssen. Nein, eine Wiederaufnahme des Gedankens kam nicht mehr infrage, höchstens eine rasche Zusammenfassung dessen, was der Gedanke bisher geleistet und was er an Ausblicken eröffnet hatte, und dann sofort dort weiterdenken, wo man das letzte Mal stehengeblieben war.

Er schaute auf die Uhr und wurde nervös, er versuchte in dem Moment, als der Dicke nach einem passenden Ausdruck suchte, etwas von Eile zu murmeln, er öffnete seine Aktentasche, um sie ein wenig lauter zu schließen – nichts, der Blick des Vortragenden war zwar äußlich auf sein Gegenüber gerichtet, doch ob er viel von dem wahrnahm, was dieser sagte und tat, oder sagen und tun wollte, das war die Frage. Denn sein innerer Blick tastete eine ganz andere Realität ab, und er tat dies, trotz der Abstraktheit des Gegenstandes, mit dem höchsten erotischen Genuß.

Schritte polterten die Treppe herab: der Prinzipal, hektisch mit dem Handgelenk ruckend, eilte dem Bedrängten zu Hilfe. Er hatte von seinem Büro aus schon seit einiger Zeit den ungleichen Kampf verfolgt, er kannte die Ausdauer seines Angestellten – jetzt reichte es!

Amüsiert hatte Kirrmaier das Gespräch, vielmehr den Monolog verfolgt, der mit hilfloser Mimik und Gestik beantwortet wurde. Solche Situationen zu beobachten liebte er über alles: die ganze Komik des Lebens war in ihnen konzentriert, darüber hinaus ahnte man etwas von den Energie-Quellen, die so ein jeder hatte und aus denen er seine Lebenskraft schöpfte. Nietzsche, Wagner, Heidegger – drei Starkstromspeicher waren heute morgen schon angezapft worden, und wie viele hatte das Verbundsystem eines schier unübersehbaren Energieversorgungsnetzes jederzeit einschaltbar noch im Hintergrund in Reserve!

Nun aber trat eine andere Energiegewinnungsart unübersehbar in den Vordergrund: mit schräg nach vorn gebeugtem Kopf, die Augen selig geschlossen, lachend, als nehme er ein Neugeborenes in Empfang, drückte der Chef dem Philosophie-Dozenten die Hand, fragte nach dem Befinden und drängte ihn, sehr zu seiner Freude, von seinem Peiniger ab in eine Ecke. Der Dicke, seines natürlichen Elements, der Rede, beraubt, stand in der Mitte des Ladens und schnappte wütend nach Luft: er hatte den Affront, den der Alte ihm zugefügt hatte, sehr wohl bemerkt, im Augenblick aber war nichts zu machen. Er begab sich in den Lagerraum, wo in der 'Küche', die aus einem Ölofen, einem Waschbecken und einem winzigen Tischchen bestand, die Wesende über eine Tasse Kaffee gebeugt nachdenklich dasaß, und setzte das vor einer halben Stunde unterbrochene Gespräch fort. "In den Parerga und Paralipomena. . ." – "Im Lichte der Ontologie des Spätwerks. . ." Die beiden Jongleure waren wieder am Werk, die Bällchen flogen.

Der Seiltänzer wurde unterdessen unter vielen Verbeugungen des Chefs, denen sich mancherlei Artigkeiten des immer lachenden Kronprinzen anschlossen, zur Tür hinausbegleitet, während der Slawist ehrerbietig von seiner Leiter heruntergerutscht war und eilig sein Hemd in die Hosen steckte. Jetzt besprach der Chef mit dem Kronprinzen die notwendigen Bestellungen, dann ging er eilig nach oben, zurück an die Arbeit.

Auf der Treppe wurde ein leichter Schritt vernehmbar, und als Kirrmaier aufschaute, war es die Unbekannte, die mit einem Buch in der Hand herabkam, zur Kasse ging und beim Dicken zahlte, der wieder erschienen war und seine ölige Locke aus der Stirn strich, um sie desto wirkungsvoller wieder herabfallen zu lassen. Es war sonst niemand im Laden außer Kirrmaier in seinem Sessel hinter dem Kamin. Der beugte sich vor, um einen Werbeprospekt aufzuheben, der ihm aus einem Buch herausgefallen war, und bemerkte im selben Augenblick, wie die Unbekannte mit einer raschen Bewegung dem Dicken einen Zettel zuschob, den dieser ebenso rasch in der Tasche seines schwarz-weiß karierten Hemds verschwinden ließ.

Kirrmaier stand auf, trat ebenfalls zur Kasse und kaufte auf Rechnung das Buch, in dem er geblättert hatte. Die Unbekannte lächelte ihn an.

“Lesestoff”, sagte Kirrmaier.

“Ja, man braucht etwas für den langen Tag”, antwortete sie.

“Wir könnten einen Kaffee trinken gehen”, schlug er vor.

“Gern, ich glaube, in der Nähe ist ein Stehkaffee”, sagte sie, und sie verließen zusammen das Geschäft.

Vertrauen gegen Vertrauen

Sie gingen nicht in ein Stehkaffee, sondern in ein richtiges, das früh aufmachte. Es war ein hübscher, wenn auch ein wenig enger Raum, mit holzvertäfelten Wänden, angenehmem altem Mobiliar und stimmungsvollen Lampen.

"Fast wie die traditionsreichen Kaffeehäuser in Wien." Sie schaute sich erfreut um.

"Denken Sie ans Hawelka?" fragte Kirrmaier, der sich an ein Mädchen erinnerte, mit dem er sich dort einen Abend lang gut unterhalten hatte, das aber dann doch nicht mit ihm gegangen war.

"Ja, zum Beispiel."

"Zu viel Ehre für dieses kleine alte Café, es stellt weiter nichts Besonderes da. Aber angesichts dessen, was heute von der Mafia der Restaurant- und Café-Einrichter an Wohnkultur geboten wird, ist es doch ein Lichtblick."

Sie hatten einen freien Tisch am Fenster gefunden. Der Bürgersteig lag fast in Kopfhöhe, man sah die erstaunlich verschiedenartigen Beine der Passanten am Fenster vorübereilen.

"Es ist das Literaten-Café am Ort", sagte Kirrmaier mit ironischem Unterton. "Ab und an sieht man hier einen Poeten lokaler Größenordnung sitzen, dazwischen einen Schauspieler; das ist auch schon alles."

Die Bedienung fragte nach den Wünschen der beiden. Kirrmaier, der morgens nie Alkohol trank, dachte an einen Kakao. Sie bestellte einen Capuccino und einen Bienenstich, und als die Bedienung sich ihm zuwandte, nannte er zu seiner Überraschung einen Weißwein, dessen Namen ihm plötzlich in den Kopf gekommen war.

Nun wurde es aber Zeit, sich vorzustellen. "Ich heiße Hans Kirrmaier", sagte er mit der ganzen ihm zu Gebote stehenden Beiläufigkeit.

"Ulrike, Ulrike Feyerabend", sagte sie und rührte die Schlagsahne in den Kaffee.

"Ein baltischer Name?"

"Ja, meine Eltern kommen aus dem Baltikum."

"Waren Sie schon einmal dort?"

"Nein. Als ich jünger war, hat mich die ganze baltische Sippschaft, ihre Geschichte und ihre Geschichten, die sie so gern zum Besten geben, gelangweilt. Jetzt ist ein gewisses Interesse erwacht – Rückbesinnung auf die Wurzeln, die 'roots'." Sie lachte. "Ich habe einen Russisch-Kurs belegt, nehme außerdem Privatstunden."

"Russisch? Ach so, die Balten hatten ja starke Beziehungen zu Rußland. War das übrigens gestern ein russisches Buch, in dem Sie lasen?" Er fühlte, daß er diese Frage nicht hätte stellen dürfen, daß es für sie noch zu früh war, aber er konnte sie nicht mehr zurückholen.

"Nein, so weit bin ich noch lange nicht. Ich lese gerade ein Büchlein mit französischen Gedichten, der Autor ist mir von einem Angestellten des Buchladens empfohlen worden." Sie holte das Buch aus ihrer Tasche hervor und reichte es ihm hinüber.

"Pierre Reverdy, Sources du vent. Eine schöne Wortverbindung: Quellen des Windes. Nur will es mir nicht recht gelingen, auch das Bild dazu zu sehen." Er überlegte. "Wer hat Sie denn auf den Autor hingewiesen?"

"Der kleine Kräftige, er scheint ein Kenner der französischen Literatur zu sein."

Und ein Hemd zu haben, das mit Vergnügen kleine Botschaften aufnimmt, ergänzte er im Stillen. "A propos, haben Sie gestern im "Hirsch" den französischen Film gesehen?"

Die Bedienung trat an ihren Tisch und brachte das Bestellte. Er probierte: der Wein war akzeptabel.

"Die Buchhandlung gefällt mir", sagte sie. "Man hat eine gute Auswahl, die Leute sind freundlich und wissen unglaublich viel, und dann die stilvolle alte Einrichtung."

Sollte sie seine Frage absichtlich überhört haben? Oder hatte sie sie vergessen, weil die Bedienung gerade dazwischen getreten war? "Ja, es ist eine bemerkenswerte Buchhandlung", antwortete er. "Wie lange kennen Sie sie denn schon?"

"Noch nicht lange, ich bin ganz zufällig auf sie gestoßen. Ich fand sie gleich sehr originell."

Kirrmaier hätte sie zu gern noch einmal nach dem Film gefragt, wollte jedoch nicht als hartnäckig oder pedantisch erscheinen. Sie brachte aber selbst die Sprache darauf.

"Ich wollte in die Abendvorstellung um 20.15 Uhr gehen, aber sie fiel aus. Sie haben vielleicht davon gehört."

"Ja." Kirrmaier sah ihr in die Augen. "Dieser ungeklärte Mordfall. Ich befand mich unter den Wartenden vor dem Kino."

Sie hielt seinem Blick stand. "Ich auch."

"Dann habe ich Sie also doch gesehen!" rief er.

"Wieso doch? Hat denn das jemand bezweifelt?"

"Nein, so war es nicht gemeint. Ich war mir nur nicht sicher, ob es ihr Gesicht war, das ich in der Menge gesehen hatte."

“Obwohl Sie mich doch vorher schon einmal gesehen hatten. Merkt man sich mein Gesicht so schlecht?”

Kirrmaier trank einen Schluck. “Zwei Mal”, sagte er dann.

“Zum ersten Mal in der Bibliothek. Und dann?”

Kirrmaier zögerte. “In der Kirche.”

“Ach, das waren Sie? Ich fühlte mich so elend. . .” Sie sprach jetzt sehr leise und war auffallend bleich geworden. “Ich suchte einen Ort, an dem ich allein sein konnte.”

Er legte beruhigend seine Hand auf ihren Arm, sie zog ihn nicht zurück. “Es muß furchtbar gewesen sein.” Sie nickte. “Ich schlage vor, wir machen einen Spaziergang.”

Sie zahlten und gingen durch die schon recht lebendigen Gassen der Stadt. “Waren Sie schon auf dem Schloß?” fragte er, nachdem sie eine zeitlang schweigend nebeneinander hergegangen waren. Sie stiegen den steilen gepflasterten Weg hinauf, erreichten die Linde und standen bald darauf an der Brüstung. Noch hatten sich die Touristenscharen der Anhöhe nicht bemächtigt, man konnte in Ruhe durch die in der Mauer befindlichen Löcher auf die Stadt hinabsehen.

Die Sonne brannte jetzt schon recht heiß, sie machten sich wieder auf den Rückweg. Auf halber Strecke, vor dem Torbogen, setzte er sich auf die Mauer und blickte in die Tiefe hinunter. Sie stand neben ihm und sah gedankenverloren aufs Land hinaus. Unten glänzte der Fluß.

“Kann ich ihnen heraufhelfen?” sagte Kirrmaier. Sie saß nun vor ihm, die Beine angewinkelt. Das ist der entscheidende Moment, dachte er, es gibt nichts mehr zu überlegen.

In diesem Augenblick sah er jedoch durch den Torbogen Menschen heraufkommen, und er zog seine Hand, die er gerade ausstrecken wollte, wieder zurück.

“Es ist schon zu heiß, man hält es hier einfach nicht aus”, sagte er, um etwas zu sagen und seine innere Spannung abzureagieren. Sie sprangen von der Mauer herab und gingen weiter.

“Holen wir heute abend das Versäumte nach?” fragte er, als sie wieder auf dem Marktplatz standen.

“Das Versäumte?”

“Den Film”, sagte er, “unsere Karten gelten ja noch.”

“Ach so, ja, das hätte ich beinahe vergessen. Gut, im Foyer des “Hirsch”.

“Bis heute abend.” Kirrmaier ging in Richtung Universität, während sie in einer Gasse der Altstadt verschwand. Die Uhr der Kirche schlug elf.

Das erste Gesicht

Ulrike. Ein hübscher Name. Feyerabend? Merkwürdig, in unserer Familie gab es doch auch einen Feyerabend. Vielleicht war der Name im Baltikum häufiger, ich muß mal meine Mutter fragen.

Kirrmaier war ebenfalls Baltendeutscher, seine Eltern kamen aus Riga. Er wurde während der Umsiedlung 1943 in Polen geboren und kannte das Baltikum nur aus den Erzählungen seiner Mutter – sein Vater war im Krieg auf dem Balkan gefallen – und seiner zahlreichen Verwandten.

Kirrmaier hatte ein pauschales Vorurteil gegen die Balten. Was für ein eingebildetes Volk, dachte er, aber wie schlau sie ihren Dünkel hinter einer scheinbar ganz unbezweifelbaren Toleranz zu verbergen wissen. Mit welcher Geringschätzung sie, wenn sie unter sich sind, von den Reichsdeutschen sprechen: einer von den ihren hat eine 'Reichsdeutsche' geheiratet, man stelle sich vor! Und alles wissen sie besser, überall müssen sie dreinreden. Und dieses forsche, weltmännische Getue. Natürlich, sie kommen aus einer weltoffenen Gegend, wo man mehrere Sprachen lernte, das wirkt sich schon irgendwie aus, Riga war eine Hansestadt. Aber als das Salz der Erde, zumindest ihres deutschsprachigen Teils, brauchten sie sich deshalb noch lange nicht vorzukommen. Überhaupt, mit ihrer Weltoffenheit war das so eine Sache: sicher, sie wußten sich in der Welt zu bewegen, sie kamen gut in ihr zurecht, hatten sich nach dem Krieg mit wenigen Ausnahmen im Westen einen soliden Beruf aufgebaut, waren erfolgreich und wegen ihrer guten Manieren und ihrer zuvorkommenden Art überall gern gesehen. Aber wenn man ein wenig tiefer bohrte, wenn man sehen wollte, was unter der blank polierten Oberfläche lag, dann war plötzlich nur noch wenig da. Äußerst konservative Burschen waren das meistens, immer zu Kompromissen bereit, wußten sich mit jedem zu arrangieren, schlängelten sich überall durch. Ahnungslose konnten sie mit ihrer Beredtsamkeit und ihrem raschen und scheinbar so souveränen Urteil blenden, Kirrmaier aber hatte seine Landsleute längst durchschaut. Das einzige, was ihm den Umgang mit ihnen noch erträglich machte, waren die verrückten Geschichten, die seine alten Tanten erzählten. Sie hatten es alle mit dem zweiten Gesicht – offenbar eine Art Gegengewicht gegen die kühle, rationale Welt der baltischen Männer mit dem ersten Gesicht, üblicherweise als Erwerbssinn bezeichnet. Aber auch diese ewigen Geschichten konnte man mit der Zeit satt bekommen, das Fräulein Feyerabend hatte schon recht. Die einen blickten nach vorne, die anderen zurück, aber vom Januskopf und seinen Qualen hatten sie beide keine Ahnung. Was der sieht, läßt sich weder mit dem ersten noch mit dem zweiten Gesicht bewältigen, verdrängen oder vergessen, dem Tragischen ist weder mit Tüchtigkeit noch mit Gespensterglauben beizukommen.

Er wurde in seinem wütenden Kampf mit dem Baltentum, das stellvertretend für sein Elternhaus stand, von dem er sich immer noch nicht gelöst hatte, unterbrochen: zwei Studienkollegen aus der Romanistik kamen auf ihn zu, er hatte sie zu spät bemerkt und konnte nicht mehr ausweichen. Und er wurde in eines jener Gespräche verwickelt, die er so liebte: Prüfungsbedingungen, Lehrbücher, Nachschriften, Hörsäle und Vorlesungszeiten, das waren die armseligen Stichworte, all das untermischt von kleinen Ausrufen der Angst und von Kolportage-Berichten über erfolgreiche Kollegen und gefürchtete Professoren.

"Hast du schon gehört? Im "Hirsch" . . ." begann der eine.

Kirrmaier winkte ab, er müsse laufen, die Besprechung mit dem Professor. . .

Diese trockenen Typen, dachte er, als er sich von ihnen befreit hatte, über nichts anderes können sie reden, als über ihren Studien-Quatsch, täglich, stündlich: Training eines Bewußtseins, das mehr darauf aus ist, sich nicht täuschen zu lassen, als die Wahrheit zu erkennen. Das sind die Leute, die schon vor ihrem ersten Semester einen Bausparvertrag abschließen und lange vor Beendigung ihres Studiums genau wissen, in welcher Gehaltsgruppe sie sich bei Antritt ihres Berufs befinden werden. Ein ödes Volk! Selbst abends, beim Bier, sind sie zu keinem anderen Gespräch fähig. Mit Begeisterung lesen sie sich gegenseitig die Heiratsannoncen in der Zeitung vor, dazu reicht ihr Witz gerade noch. Diese Leute leben in einem System von vorgefertigten Prinzipien, die sie nie überprüfen – eine Art Fertigbauweise, sehr modern! Einheit der Person? O ja: eine mit Hilfe vorgestanzter Formeln mühsam zusammengehaltene sprachliche Einheit, die mit dem Staatsexamen bewiesen werden soll, sowie eine frühzeitige, spätestens im letzten Semester vor der Prüfung manifest werdende Charaktersklerose.

Und unwillkürlich sehnte er sich nach einem gescheiten Gesprächspartner, mit dem man 'springen' konnte, wie er es nannte, der von einem plötzlichen, durch eine verlockende Assoziation ausgelösten Themenwechsel nicht schockiert war, der Witz und Wortspiel liebte und grundsätzlich den schwebenden Zustand dem breitbeinigen Dastehen auf der festen Erde vorzog. Jene aber, diese Bürokraten des Geistes, würden dereinst, wenn sie 'fertigstudiert' hätten – welch ein absurdes Wort! –, ihre von der Gesellschaft erwartete Reise um die Welt in achtzig Tagen ohne Schwierigkeiten absolvieren, daran zweifelte er nicht. Daß in Wirklichkeit jeder Tag, jeder x-beliebige Tag achtzig Welten hat – mal weniger, mal mehr, das hängt davon ab, wie man geschlafen und gegessen hat, auf welcher Höhe sich der Sexualpegel befindet, welche Worte man von seinen Mitmenschen zu hören bekommt –, das hatten diese Leutchen, die in ihrem Leben noch kein einziges Gedicht mit Verstand gelesen hatten und für ihren Seelenhaushalt auch keines brauchten, nicht begriffen. Und sie können es auch nicht begreifen, denn das bekommt man in der Kindheit mit, dieses Begreifen der Welt, solange man noch keine Begriffe hat, vor allem nicht die der Erwachsenenwelt, dieser nature morte. Jene, die zuverlässigen Stützen der Gesellschaft, waren schon mit einer Glatze auf die Welt gekommen, die Welt aber hatte sich vor ihrem Anblick entsetzt und ihnen einen Hut geschenkt. Unsichtbar trugen sie ihn schon als Kleinkind, und stolz tragen sie ihn weiter auf ihrem Weg in die Zukunft, den sie die gerade Linie des Geistes nennen. Schnee fällt auf die Hüte. . . Schickte man mal einen von ihnen, wenn man die Stimme des pädagogischen Eros in sich vernahm, in eine Vorlesung des kleinen freundlichen Philosophie-Professors, so kamen sie verwirrt oder milde lächelnd wieder heraus: der bleibt ja mitten in seinen Sätzen stecken. . . So machte man sich immun gegen die philosophischen Gedanken des Seiltänzers. Hätte man sie akzeptiert, wäre der zweite Schritt nicht zu vermeiden gewesen: man hätte sich einen Equilibrier-Stab kaufen müssen, um sich auf dem Seil halten zu können. Aber Extra-Ausgaben liebten diese Leute nicht, man hatte schon so viel in den Aufbau eines 'vernünftigen' Lebens gesteckt, da konnte man sich keine Sprünge mehr leisten. Was sie sich allenfalls leisteten, das waren mehrere Halbe Bier in der Stammkneipe, und dann mit lautem Geschrei und Bocksspringen durch die nächtlichen Gassen, so daß man nicht schlafen konnte.

O heiliger Cortázar! "Dieses Buch entsteht wie die geheimnisvollen Gerichte einiger Pariser Restaurants, bei denen die erste Zutat, der fond de cuisson, vor vielleicht zwei Jahrhunderten angesetzt wurde, ein Sud, der in der Folge in einem endlosen Prozeß durch verschiedene Fleischsorten, Gemüse und Gewürze aromatisiert wurde, so daß er im Innersten den akkumulierten Geschmack unendlichen Brutzelns hat." Ja, das ist es: wer keinen Sinn für gute Speisen hat, für die Soßen im Besonderen und das Geheimnis der belebenden Gewürze, der wird auch mit dem Geheimnis des richtig plazierten Worts nichts anfangen können und erst recht nichts mit den in ein bestimmtes System gebrachten 56 Wörtern eines zwölfzeiligen Gedichts zu drei Strophen; den wird die höhere Ordnung der Phantasie nie aus der platten Ordnung der Alltagswelt, dieser Krake mit den tausend Tentakeln, befreien.

Kirrmaier saß im düsteren Erfrischungsraum im Parterre der Neuen Aula, trank seine Schwedenmilch und blickte zur Decke hinauf, durch die von einem unsichtbaren Lichthof durch eine Art bescheidener Rosette ein schwaches Licht fiel. Die Gedanken hatten ihm den Gang durch die engen Straßen mit ihren Menschenmassen, wo man all Augenblick einem seit Jahren bekannten Gesicht begegnete, erleichtert. Und jetzt saß er auf einem Stuhl, an einem Tisch, vor sich ein Getränk, über sich die Erinnerung an den fernen Himmel – es war eine Höhlenwelt, in der er allein für sich wie in einem Urzustand in sich zusammengesunken dasaß, während oben, über seinem Kopf, tausende von Schuhsohlen und Absätzen über die von Straßenbauherren geglättete und befahrbar gemachte Erde klapperten und schlurften.

Die da oben glaubten an den Gott der Tätigkeiten, der einem für das Ende des Lebens Erfüllung versprach – eine Moralisten-Illusion. Und wer wollte diese 'Erfüllung' überhaupt feststellen? Der Erfüllte selbst? Da wäre der Selbsttäuschung Tür und Tor geöffnet. Bei berühmten Leuten im Nachhinein die Biographen, freilich. Und wenn die Berühmtheit fehlte und infolgedessen der Biograph? Konnte sie denn mehr sein, diese sogenannte Erfüllung, als die einfache Summe aller Taten? Wie wird einem so schön von den weisen Alten gedroht? "Sie werden schon sehen, wenn Sie mal fünfzig sind!" Darauf hat einer geantwortet: "Ich bin fünfzig, ich habe nichts gesehen."

Und den Verzicht auf die Tat, wie stufte man den ein? Wußten die da oben etwas von der Schönheit des Verzichts, der jedem Kunstwerk zugrundeliegt, ja es erst ermöglicht?

Er stand auf und ging zur Theke, um sich fürs Telefonieren eine Mark in Groschen wechseln zu lassen, und erkannte den Slawisten aus der Buchhandlung. Er hatte sich belegte Brötchen gekauft und verstaute sie nun in einer Sporttasche.

“Sie verreisen?” fragte Kirrmaier.

“Am Abend erst, und nur in eine Nachbarstadt, dreißig Kilometer von hier.”

Kirrmaier erblickte in der Tasche Turnschuhe und einen Tischtennisschläger. “Ein sporttreibender Schriftsteller, nicht eben häufig.”

“Es gibt ein paar Beispiele”, sagte der Slawist, “vielleicht nicht einmal so wenige. Aber sportliebende Schriftsteller, das paßt nicht in das Bild vom Kopf-Dichter, das man kreiert hat.”

“Sie selbst scheinen aber auch nicht gerade der Gesündeste zu sein?” fragte Kirrmaier vorsichtig.

“Ja, das ist eine dumme Geschichte, ich habe die Warnungen meines Körpers nicht rechtzeitig erkannt. Hier unten kann man’s aushalten”, lenkte er auf ein anderes Thema über.

“Ich glaube, die meisten wissen Gott sei Dank gar nichts von der Existenz dieses Erfrischungsraums, obwohl er ja an einem der beiden Korridore liegt, an dem täglich die Massen vorüberströmen.”

Der Slawist zog den Reißverschluß seiner Tasche zu und schien etwas zu überlegen.

“Hätten Sie Lust zu einer Wanderung?” fragte Kirrmaier.

“Meinen verdammten Beinen tut die starke Sonne nicht gut, außerdem muß ich um halb eins eine Privatstunde in Russisch geben.” Der Slawist verabschiedete sich.

Kirrmaier trank seine Milch aus und warf den leeren Pappbehälter in den Abfalleimer. Als er die Aula verließ, sah er den Slawisten zur Innenstadt gehen und folgte ihm in einigem Abstand.

Privatstunden

“Sachdienliche Hinweise werden erbeten...” Wo hatte er diesen Satz in der letzten Zeit nur gelesen? Erst nach einigem Nachdenken fiel ihm die Beschreibung des Ermordeten in der Zeitung ein. Eine Verdrängung, die tief blicken läßt, dachte er. Ich müßte bei der Polizei angeben, daß ich die beiden in der Universitäts-Bibliothek gesehen habe. Der Mord geschah wohl keine zwei Stunden später, meine Aussage könnte von Wichtigkeit sein.

Der Slawist bog jetzt in die kurze Einbahnstraße ein, in der sich der Hintereingang des Buchladens befand. Kirrmaier wartete, bis er sah, daß er durch die Tür gegangen war, dann machte er einen Umweg, der ihn zum Vordereingang des Geschäfts brachte. Er beobachtete ein Stück weit entfernt, wie der andere den Laden ohne seine Tasche verließ und in Richtung Kirche ging. Er folgte ihm und sah ihn gerade noch um die Ecke biegen, hinter der der Eingang zur Kirche lag.

Er wartete ein wenig, dann ging er ebenfalls bis zur Ecke hinauf und betrat die Kirche. Die Orgel spielte leise. Er bemerkte mehrere Menschen, die langsam hin und her gingen, andere saßen in den Bänken. Er schaute sich alle unauffällig an – der Slawist war nicht unter ihnen. Sollte er etwa auf dem Weg zum Turm hinauf sein, um sich oben auf der Aussicht mit – ihr zu treffen? Der Herr Schriftsteller schien trotz seines Venenleidens recht sportlich zu sein, Tischtennis spielte er ja auch, wettkampfmäßig, wie es schien, in einer Mannschaft. Im Geschäft aber nützte er jede freie Sekunde, um sich, als hätte er einen 30-km-Marsch hinter sich, erschöpft auf seine Leiter fallen zu lassen.

Er wollte eben die Kirche verlassen, um nachzusehen, ob der Turm überhaupt geöffnet war, da ging eiligen Schritts die junge Unbekannte – Unbekannte? Fräulein Feyerabend, Ulrike Feyerabend – dicht an ihm vorbei und betrat die Alte Aula.

Rasch war er ins Dunkel zurückgewichen, wo er ein paar Minuten stehenblieb. Dann ging er entschlossen die wenigen Schritte zur Alten Aula hinüber. In der Garderobe hingen vereinzelte Kleidungsstücke, an dem Tisch in der Ecke ordnete jemand irgendwelche Papiere. Der Stundenplan an der Tür des Hörsaals wies eine Belegung von elf bis eins nach, hinter der Tür war die Stimme des Vortragenden zu hören, die ihm bekannt vorkam.

Er verließ den Vorraum des Hörsaals und horchte ins Treppenhaus. Die alten Holzstufen knarrten unter den Schritten der Hinauf- und Heruntergehenden. Er stieg die erste Treppe empor und wartete, bis Ruhe auf den Treppen war.

Jetzt vernahm er eine gedämpfte Unterhaltung, die von ganz oben zu kommen schien. Im letzten Stock befand sich die Indogermanistik, er hatte dort einmal etwas in einem Lexikon nachgeschlagen. “Über die Sprache und Weisheit der Inder”, Franz Bopp, die slavischen Fluß- und Gewässernamen, Krahes Einführung-Vorlesung – wann hatte er die gehört? –, allerlei purzelte da, während er vorsichtig Stufe um Stufe zum zweiten Stock hinaufging, in seinem Gedächtnis durcheinander, und es fehlte an Zeit und Konzentration, um die unartigen Kinder zur Ruhe zu bringen und jedes an seinen Platz zu setzen. Das hatten diese natürlich gleich gemerkt, und je ärgerlicher er sie ermahnte, desto ausgelassener tollten sie in seinem Kopf herum.

Nun blieb er stehen und horchte. Und durch das Rauschen der draväno-polabischen Flüsse und Gewässer hindurch drangen zwei Stimmen an sein Ohr, mal eine Männer-, mal eine Frauenstimme. Sie sitzen sicher an dem Tisch neben der ersten Tür, dachte er und betrat die letzte Treppe. Er reckte den Hals – da waren sie: das Fräulein Feyerabend kehrte ihm den Rücken zu, der Slawist saß halb abgewandt von ihm, beide waren über etwas gebeugt, ein Buch wohl.

“Noch weicher”, sagte der Slawist, “der Unterschied zwischen den harten und den weichen Konsonanten muß ganz deutlich sein”, und er sprach seiner Schülerin ein Wort vor. Diese wiederholte es mehrmals, und Kirrmaier klang es noch in den Ohren, als er schon wieder das Gebäude verließ.

Er setzte sich auf eine Bank an der Rückwand der Kirche, von wo aus er den Eingang der Alten Aula im Auge hatte. Ja, Russisch sollte man können! Seine Mutter beherrschte es, sie hatte in Lettland auf dem Gymnasium Russisch gehabt und es, da sie zum schlechteren Drittel der Schüler gehörte, mit dem sich die Lehrerin, die sich nur für die polyglotten Sprachengenies interessierte, kaum abgab, so recht und schlecht gelernt. Njet! rief er, das nicht auch noch, zum Schluß kann man alle möglichen Sprachen, aber kein einziges deutsches Gedicht auswendig. “Ein Tännlein grünet wo, / Wer weiß, im Walde, / Ein Rosenstrauch, wer sagt, / In welchem Garten? / Sie sind erlesen schon, / Denk es, o Seele! / Auf deinem Grab zu wurzeln / Und zu wachsen. // Zwei schwarze Rößlein weiden / Auf der Wiese, / Sie kehren heim zur Stadt / In muntern Sprüngen... in muntern Sprüngen – nein, die Fortsetzung fiel ihm nicht mehr ein. Eine Schande. Wenn man sich nichts mehr erzählt, verkümmert Phantasie und Gedächtnis. Mörike und Ulrike – fast gleiche Namen!

Das Warten wurde ihm allmählich lang. Er sah den Schülern zu, die laut schreiend an ihm vorüberzogen, die Jungen stießen und schlugen sich, einer ließ ein Eis fallen und schimpfte so unflätig wie ein Erwachsener. Studenten kamen vorbei, Touristen suchten Schutz vor der Sonne, ab und zu sah man einen Einheimischen, das war fast eine Kuriosität.

Ein Polizei-Auto fuhr drüben die Straße herunter. Ach ja, dort befand sich der Polizei-Posten. Sie haben etwas zu Protokoll zu geben? Zu dem Mordfall? Bitte, setzen Sie sich. Also gestern, sagen Sie, in der Universitäts-Bibliothek... Dieser verfluchte Wein! Er spürte, daß er wieder eine trockene Kehle bekam. Er kramte, um eine Beschäftigung zu haben, in seinen Taschen, zog allerlei Zettel und gebrauchte Tempo-Taschentücher heraus und warf sie in den Papierkorb. Ein paar Wespen flogen auf, er wich ihnen aus. Dann öffnete er seinen Geldbeutel – viel war nicht mehr darin. Nur gut, daß er die Kinokarte schon hatte. Er wollte sie aus der äußeren Jackett-Tasche ziehen, aber sie war nicht da und auch in keiner anderen Tasche zu finden. Sie war doch nicht etwa zusammen mit den Dingen, die er eben weggeworfen hatte, im Papierkorb gelandet? Er schaute hinein, die Wespen schienen sich darüber nicht zu freuen.

Die Karte war weg. Ärgerlich, sehr ärgerlich! Wie

konnte ihm nur eine solche Dummheit passieren? Sie befanden sich also, sagen Sie, gegen Ende der Vorstellung draußen vor dem Kino in der Menschenmenge und warteten auf den Einlaß um 20.15 Uhr? Können Sie das beweisen? Hat Sie jemand gesehen, der darüber eine Aussage machen kann? Nein? Dann haben Sie doch sicher noch Ihre gültige Eintrittskarte? Nicht? – Kirrmaier ging hin und her, warf noch einmal einen Blick in den Abfalleimer und wischte sich das schwitzende Gesicht und den Nacken ab. Idiot, murmelte er und zwang sich zur Ruhe. Ob die beiden überhaupt noch oben sind? Vielleicht sind sie, während ich hier meinen Veitstanz wegen der verlorenen Kinokarte aufgeführt habe, unbemerkt hinausgeschlüpft? Er lief hinüber und die Treppen hinauf, ohne besonders auf knarrende Stufen zu achten – niemand, der Tisch war leer. Ach was, Beherrschung! Ich habe eine Verabredung mit ihr fürs Kino, reicht das nicht? Ich gehe jetzt essen, dann lege ich mich ein bißchen hin.

In der Mensa gab es Irish stew, das schmeckte nicht schlecht. Beim ersten Mal war ein wenig Fleisch im Eintopf zu finden, beim Nachschlag dann nicht mehr. Als er fertig war und sein Geschirr weggetragen hatte, begegnete er in der Tür einer Komilitonin, mit der er gemeinsam im Germanistik-Hauptseminar saß. Sie hatten einige Male verständnisinnig einander zugelächelt, wenn die bekannten Wichtigtuer und Phraseure das Wort an sich rissen. Rührend war dabei die Hilflosigkeit des Professors.

Sie blieb stehen, und er erkundigte sich nach dem Stand ihrer Seminar-Arbeit.

“Das Thema macht mir schon Spaß”, sagte sie. “Weniger allerdings die Tatsache, daß ich die Gedanken, die ich habe, in die übliche starre Form bringen muß. Vor lauter Angst, ich könnte gegen die “Form der schriftlichen Arbeit" verstoßen, bleiben mir zeitweise die Einfälle aus."

"Ich kenne dieses Gefühl", antwortete Kirrmaier. "In der Schule hatte ich in den letzten Klassen einen sehr verständnisvollen Deutschlehrer, der schrieb nicht selten unter meine Aufsätze, für die er mir eine eins oder eine zwei plus gab: Ich bin mir bewußt, daß Sie von einem anderen Lehrer auch eine fünf bekommen könnten."

Sie lachte. Dann fragte sie ihn, ob er schon den französischen Film gesehen habe, sie hätte mal wieder Lust, Französisch zu hören, wenn auch die Untertitel ablenken würden.

Nein, er hatte ihn noch nicht gesehen. Und schon hatten sie sich, ohne daß er sich's versah, zur Nachmittags-Vorstellung verabredet – am Abend waren beide, wie sich herausstellte, verhindert.

Sie trennten sich, und Kirrmaier ging mit einem seltsamen Gefühl nach Hause. Eigentlich hätte er Freudensprünge vollführen müssen: zwei Verabredungen, und beide Mädchen waren sehr hübsch, er wußte gar nicht, wie ihm geschah. Nach all den kargen Jahren... Aber das war es ja gerade: ein wenig viel auf einmal – wollte sich das Schicksal vielleicht über ihn lustig machen? Hatte es heute nicht schon irgendwann einmal spöttisch gezwinkert? Vorsicht war geboten!

Sein Zimmer lag in der Innenstadt, es ging auf die Hinterhöfe hinaus, auf eine belebte Dachlandschaft, in deren Spalten Wäsche trocknete, es war eine Welt gurrender Tauben und rieselnden Kalks. Die nahe Kirchturmuhr schlug dröhnend zwei Mal, er konnte fast zwei Stunden schlafen. Was hatte der Fahrer des Möbelwagens ihn gefragt? Ein Tännlein steht im Walde – nein: ein Männlein steht im Tann, zwei schwarze Rößlein grünen – wurzeln – wachsen...

Kleider, Bücher, Leichen

Kirrmaier steht auf dem belebten Platz vor der Kirche, Autos fahren an ihm vorbei, die Bewohner der Gassen ringsum, Auswärtige, die sich im Gewirr der Einbahnstraßen der Stadt verirrt haben, Zulieferer für die Geschäfte.

Da kommt zum Beispiel die “Deutsche Kleiderspedition” vorbei, ein hoher langer Kasten, in den mehrere Personenwagen hineingingen. Wie hieß doch die Devise des Deutschen Winterhilfswerks im Dritten Reich? Kein Mensch soll hungern und frieren. “Nicht einmal das darf man mehr”, hat seinerzeit ein Komiker dazu gesagt. “Kein Mensch soll hungern ohne zu frieren”, sagt jemand in Kirrmaiers Rücken. Als er sich umdreht, lacht ihm der Kronprinz entgegen, schwingt sich in die Luft, kreist ein Mal um den Kirchturm und verschwindet in den Wolken.

Dann nähert sich der Bücherwagen des Antiquariats, das seine Räume gegenüber der Kirche tief innen in einem alten Haus hat, wohl verborgen vor zudringlicher Kundschaft. Der Chef und sein Angestellter springen aus dem Auto, packen einige prall mit Büchern gefüllte Tragetaschen und bringen sie ins Haus, wobei sie trotz der Anstrengung vergnügte Gesichter machen: sie haben offenbar einen sehr zufriedenstellenden Ankauf getätigt. Es soll ja Konkurrenten in ihrer Branche geben, die jeden Morgen die Todesanzeigen durchsehen und, wenn die Berufsangabe des Verblichenen auf den Besitz von Büchern schließen läßt, sofort mit den Hinterbliebenen einen Besuchstermin vereinbaren. Aber das nimmt Kirrmaier von den beiden dort nicht an, Bücherfledderer sind das kaum. Die können bestimmt noch langsam und mit Genuß über alte Rücken streichen, und schöne Ausgaben verkaufen sie wohl nur schweren Herzens.

Nun kommt ein weniger angenehmes Gefährt, nämlich ein Leichenwagen. "Es ist zu bemerken, daß diese verteufelten kleinen Wagen ungemein anregende Milchglasfenster haben, hinter denen man sich die herrlichsten Agonien vorstellen kann", liest der Angestellte des Antiquariats aus Rilkes "Malte" über die Leichenwagen des Hôtel-Dieu in Paris vor. Wie aber, wenn heute die Perspektive vertauscht wäre, wenn hinter den Gardinen des Autos dort unten, dessen schwarzgelackte Karosserie an einen Konzertflügel denken läßt, jemand säße, der uns betrachtete, je nach Temperament zu Tode erschrocken oder höchst amüsiert angesichts der Agonie unserer Welt?

So zogen also in diesen wenigen Minuten Kleider, Bücher und Leichen an Kirrmaier vorbei und traten, durch ihr fast gleichzeitiges Erscheinen, in ein merkwürdiges Verhältnis zueinander. Und plötzlich vertauschten die Wagen ihre Inhalte: der Leichentransport enthielt die Bücher, die einen penetranten Verwesungsgeruch ausströmten, an der Wand der Kirche stand ein Steinway-Flügel, an dem saßen zwei Sommerkleider und spielten vierhändig, und der Antiquariatswagen fuhr mit der Leiche vorbei, die sich immer wieder aus ihren Kissen aufrichtete und gegen einen zu niedrigen Verkaufspreis protestierte. Reizvoll war die Beerdigungszeremonie, bei der die beiden Herren aus dem Antiquariat aus jedem der alten Leder- und Pergamentbände jeweils einen Satz vorlasen, was eine recht bunte Predigt ergab, bevor die Bücher unter Gepolter alle miteinander in die Grube fuhren. Im Antiquariat aber stand ein Sarg aus Glas, den man zu einem Schaukasten für theologische Raritäten umgewandelt hatte, was ein vatikanischer Gesandter als gotteslästerliche Zweckentfremdung verurteilte. Doch da machte ihn die Zuhörerschaft, die aus Leichenkutschern und Buchhändlern bestand, darauf aufmerksam, daß eine solche ja in noch viel größerem Maße durch die Toten auf den Friedhöfen geschehe, die die schöne Wiesenerde verpesten. Kirrmaier meinte, sie hätten auch die Zweckentfremdung in den Bekleidungshäusern anführen können, diesen Beerdigungshotels dritter Klasse, in deren Sommerschlußverkaufsgedränge ein Toter, geriete er da hinein, mit Sicherheit zum zweiten Mal zu Tode käme.

Dann war der Spuk wie weggewischt, vor dem Eingang zum Antiquariat hielt ein Krankenwagen. Zwei Pfleger stiegen aus, gingen hinein und trugen kurz darauf auf einer Tragbahre ein arg beschädigtes unförmiges altes Buch heraus, und der Chef und der Angestellte, Taschentücher an die Augen gepreßt, gaben dem wohl unglücklich aus einem Regal gestürzten Werk das letzte Geleit. Die Träger schoben die Bahre sachte ins Auto. Ein Taubenschwarm, der bisher den Glockenturm umflogen hatte, ließ sich auf dem Dach des Antiquariats nieder; als werde im Hause ihre Nahrung aufbewahrt, pickten sie ungeduldig an die Scheiben –.

Kirrmaier schreckte hoch: draußen am Fenster saß eine Taube und blickte ihn erstaunt an. Verdammtes Volk! rief er, fuchtelte mit den Armen und zischte, so laut er konnte. Die Taube wandte den Kopf ein wenig zur Seite, dann flog sie weg. Kirrmaier sank zurück und schlief wieder ein. Ein neuer Traum umfing ihn. Er war kurz, aber sehr angenehm.

Ein voller Saal

Seltsam: mit welch süßem Gefühl der Nähe, ja der Vertrautheit war er aus dem Traum erwacht, in dem ihr Gesicht ihn ein wenig schelmisch, fast auffordernd angesehen hatte, dieses feine Gesicht, auf dessen Haut das bestimmte Leuchten zu erkennen war, wie man es bei Mädchen mit rötlichem Haar beobachten kann. Jetzt aber, da sie im Foyer des "Hirsch" vor ihm stand, ihm also viel näher war als im Traum, wo die räumliche Entfernung von ihr mindestens mehrere hundert Meter betragen hatte – jetzt fühlte er mit einer ganz gräßlichen Deutlichkeit eine in Metern gar nicht ausdrückbare Entfernung zwischen sich und ihr. Nicht daß sie sich kühl gegeben hätte: sie schien sich über sein Kommen zu freuen, reichte ihm die Hand, zeigte keinerlei Ärger darüber, daß sie schon zehn Minuten gewartet hatte, warf auch keinen musternd-abschätzigen Blick auf seine ungeputzten Schuhe und seine Zieharmonika-Hosen, wie er ihn täglich über sich ergehen lassen mußte – und doch sah er etwas in ihren Augen, ja in ihrer Körperhaltung, das ihn sozusagen auf Distanz hielt, obwohl nichts in seinem Gebaren im mindesten die Absicht verriet, diese Distanz ungebeten zu verringern.

Ich falle in meinen alten Fehler und räsoniere, dachte er. Sie ist hübsch, alles andere wird sich zeigen. Mehr noch: sie war schön, und zwar von jener besonderen Schönheit, die sich dem ersten Blick noch nicht ganz erschließt, unabweisbar aber einen zweiten fordert, nach welchem es für den Mutigen nur noch die Alternative gibt: entweder in dem Bewußtsein, der Herausforderung nicht gewachsen zu sein, den Blick abwenden, oder sich mit jedem weiteren Blick seinem Schicksal stellen. Kirrmaier verfolgte nicht die Strategie, sich in unerreichbare Frauen zu verlieben, um sich nach jedem neuen Mißerfolg voller Selbstmitleid dem Schicksal in den Schoß zu werfen und zu klagen, wie ungerecht es doch sei. Nein, er war einfach begeisterungsfähig und verliebte sich in Frauen, die ihn anzogen. Nur, daß das eben häufig gerade die unerreichbaren unter ihnen waren...

Sie standen vor dem Eingang zum Saal, ein Herr zog den Vorhang zur Seite. Er tat es mit einer Bewegung, die noch ganz von fern an seine Schausteller-Kollegen in früheren Zeiten erinnerte, wenn sie auch sehr nüchtern ausfiel und von keinerlei Ankündigungen zu erwartender Wunderdinge begleitet wurde. Er öffnete die Tür, sie traten ein und suchten sich einen Platz. Eine Weile mußten sie überlaute Schlagermusik über sich ergehen lassen, die Besucher strömten unterdessen herein, der Saal füllte sich, und die Studenten, endlich mutig im Schutze der Anonymität, kommentierten mit Lachen oder Zischen die Reklame, die nun einsetzte.

Kirrmaier saß still neben seiner Begleiterin. Er war fasziniert von ihrer Nähe, ihren leichten Bewegungen, ihren ganz warmen leuchtenden Augen, die sich ihm zuwandten und bei ihm blieben, und von der Selbstverständlichkeit, mit der sie auf seine Bemerkungen und

Fragen antwortete. Sie hatte Witz, mit einer Vorliebe für das Wortspiel, ja fürs Absurde, und einen Hang zu sanftem Spott, der nie schnippisch wurde. Sie gehörte zu jenen seltenen Menschen, die dazu befähigt sind, etwas höhere Heiterkeit in diese Welt zu tragen, und er mußte sich immer wieder fragen, wie so ein Mädchen es im Uni-Betrieb all die Jahre, vom Einführungs-Seminar bis zum abschließenden Hauptseminar mit seinen Zwängen und Riten, hatte aushalten können, ohne ihre besten Eigenschaften zu verlieren, ohne zum Blaustrumpf zu werden, "untreu der Sonne und der Liebe".

Der Saal war gefüllt, der Vorfilm ging zuende, die Platzanweiserin leuchtete mit ihrer Funzel einem verspäteten Paar. Damit die beiden, sicher frisch verliebt und unzertrennlich, beieinander bleiben konnten, begann in der Reihe vor Kirrmaier ein Aufrück-Manöver, so daß er und seine Begleiterin den Schluß des Vorfilms nicht mehr mitbekamen. Kirrmaier schaute dem Paar gedankenlos nach, wie es sich an den Stehenden vorbei zu den beiden freigewordenen Plätzen drängte, ein Lichtstrahl blitzte auf – er zuckte zusammen: das war doch das immer melancholische Gesicht des Slawisten, sein schmaler Kopf, Schnurrbart, senkrechte Stirnfalte. Und auch ohne einen nochmaligen Schwenker der Taschenlampe, in deren Lichtkegel ein blonder Lockenkopf und ein volllippiger Mund blitzartig auftauchte und wieder verschwanden, hätte er gewußt, wer seine Begleiterin war. Hübsch sah sie aus, kein Zweifel! Schon beim ersten Blick erwachte in vollem Umfang das Begehren, einen zweiten, tieferen, erkennenden Blick brauchte es da nicht: der zweite, dritte, vierte, fünfte Blick ist in diesem Fall immer derselbe, er kommt nicht weiter als der erste, er teilt dem verzückten Betrachter nichts Neues mehr mit, sondern vergrößert nur sein Begehren.

Dieses Aufflammen währte allerdings nur kurz, es war mit dem Verlöschen der Taschenlampe schon wieder zuende – zu tief war der zweite Blick auf jene andere an der Mensa-Tür gewesen, die jetzt neben ihm saß, zu nah die Wärme dieses unvergleichlichen Wesens, dessen Vornamen er nicht einmal wußte. Ihr Familienname war Wallberg, daran erinnerte er sich aus den Seminar-Sitzungen.

Der Hauptfilm hatte begonnen, und schon neigte sich das Köpfchen zu ihm herüber und fragte ihn nach der Bedeutung von Worten und Wendungen. Es wurde nicht ganz einfach für ihn: der Handlung und den Dialogen des Films folgen, erahnen, welche Wörter für die des Französischen nicht recht Kundige einer Erklärung bedurften, und dabei nicht immer wieder zu Fräulein Feyerabend, nein: zu Ulrike, nein: zu Fräulein Feyerabend und ihrem Begleiter hinübersehen. Aber es gelang ihm, das eine zu tun und das andere zu lassen, und da er ausgeschlafen war, machte ihm diese kleine geistige Turnübung Spaß.

Der Film erwies sich als unterhaltsam und witzig, und erst, als es ernst wurde, bitterernst, und zwar für den Hauptdarsteller, der gejagt wurde, erinnerte Kirrmaier sich daran, daß am Tage zuvor, ungefähr um diese Zeit, in diesem Saal ein Mord geschehen war, womöglich nicht weit von dem Platz entfernt, auf dem er saß, wenn es der Zufall wollte, sogar hier, auf diesem Sessel. Als er seiner Begleiterin wieder die Übersetzung einer schwierigeren Wendung ins Ohr flüsterte, drehte sich, wie er erschrocken bemerkte, Fräulein Feyerabend zu ihm um. Ob sie sich über das Flüstern ärgerte, oder ob sie ihn erkannt hatte und sich noch einmal vergewissern wollte, ob er es war? Was sie jetzt wohl dachte?

Und da schoß ihm ein Gedanke durch den Kopf, der, das fühlte er ganz deutlich, nicht von außen, sondern von innen kam, denn dort mußte er sich schon einige Stunden herumgetrieben haben: was wäre, wenn sie wüßte, daß er seine Kinokarte von gestern, dieses wichtige Beweisstück, nicht mehr besaß? Vielleicht würde sie es ihm auch gar nicht glauben, daß er die Karte am Morgen noch gehabt hatte; vielleicht hegte sie die ganze Zeit den Verdacht, daß er gar nicht in der wartenden Menge draußen gestanden, sondern in der Vorstellung gewesen war...

Und sie? Wo hatte sie sich zu der fraglichen Zeit aufgehalten? Es war ihm ja so gewesen, als ob er ihr Gesicht für einen Augenblick in der Menge hätte aufleuchten sehen, aber beschwören konnte er es nicht. Jedenfalls konnte er jetzt nicht nur keine zuverlässige Aussage darüber machen – er selbst war nicht mehr in der Lage zu beweisen, daß er nicht in der Vorstellung gewesen war. Nun ja, bis jetzt mußte er es auch niemandem beweisen. Es sei denn, Ulrike habe einen Verdacht gegen ihn... Lächerlich. Auch wenn sie gestern, in der Bibliothek, gemerkt hatte, daß er sie ansprechen wollte, auch wenn sie die Enttäuschung in seinem Gesicht gesehen haben mochte, als sie mit dem anderen fortging, der jetzt nicht mehr lebte, so war es bis zu einem solchen Verdacht doch noch ein weiter Weg.

Der Film ging zuende, Kirrmaier gelang es, das Hinausgehen ein wenig zu verzögern und eine Begegnung zu vermeiden. Ulrike hatte sich nicht mehr in seine Richtung umgesehen, das eine Mal war wohl Zufall gewesen. Und mit Befriedigung stellte er fest, daß zwischen den beiden keinerlei Annäherung stattgefunden hatte, jedenfalls keine sichtbare.

Sie betraten ein Restaurant, Kirrmaier lud Fräulein Wallberg zum Essen ein. "Ihren Nachnahmen weiß ich", sagte er.

"Mein Vorname ist Dorothea."

"Meiner Hans."

Sie hatten einen Wein bestellt, der stieg einem rasch in den Kopf. Und doch spürte Kirrmaier immer noch jene Distanz vom Anfang, mit jedem Schluck wurde ihm klarer, daß ihre Freundlichkeit, ihr Entgegenkommen noch nicht viel besagte. Der Film gab genug Gesprächsstoff her, trotzdem mußte er sich konzentrieren: immerfort stand ihm das Bild Ulrikes vor Augen, vergeblich versuchte er es zu verscheuchen.

Er schielte heimlich auf die Uhr über der Theke: noch eine gute Stunde, dann mußte er zur Abendvorstellung eilen, die Verabredung war nicht mehr rückgängig zu machen. Er merkte, wie er im Gespräch immer unaufmerksamer wurde. Was wußte Ulrike eigentlich von dem Mord? Sicher mehr als er. Wenn er wenigstens genau sagen könnte, ob sie sich im entscheidenden Moment außen oder innen aufgehalten hatte! Daß er sie eventuell in der Menge gesehen hatte, schloß die Möglichkeit ja nicht aus, daß sie kurz davor im Kinosaal gewesen sein konnte. Daß jemand während der Vorstellung aus Unzufriedenheit oder anderen Gründen zur Seitentür hinaushuschte, war nichts Besonderes. Man brauchte dann nur die Außentreppe des Kinos hinabzugehen, und schon stand man unter den Wartenden.

"Fühlen Sie sich wohl in dieser Stadt?" Dorothea hatte ihre Frage wiederholen müssen, bevor Kirrmaier erschrocken aufsah. Er hatte ganz in Gedanken vor sich hingestarrt und den Dialog einschlafen lassen. So ging es nicht weiter, das war ihm klar. Er nahm sich zusammen, wurde munter, gab witzige Antworten, breitete vor seiner erfreuten Zuhörerin Ideen aus, die sie überraschten, und dann boten sie sich das Du an.

"Wir sind so zwei altmodische Studenten", sagte er lachend. "Wenn das jetzt die jungen Semester erlebt hätten, wie lange wir bis zum Du gebraucht haben und mit welcher Feierlichkeit wir zu diesem intimen Akt geschritten sind, sie würden aus dem Lachen nicht mehr herauskommen."

Dorothea wurde immer lebhafter, immer lustiger, immer schöner. Das zweite Viertel Wein ging schon zur Neige, der Zeiger der Uhr näherte sich der acht. Nach ein paar Minuten verließen sie das Restaurant. Draußen war die Hitze erträglicher, ein leichter Wind wehte durch die Straßen, und vergnügt gingen sie fort.

Guguu-guck!

> Mama non vuole, papa ne meno,
> Come faremo a fare l'amor?

"Guguu-guck, guguu-guck, immer dieses dämliche guguu-guck", seufzte sie, "ich kann gar nicht mehr schlafen."

"Ich auch nicht. Aber nicht wegen der Vögel – es macht mich ganz verrückt, wie du daliegst."

"Wenn du die Vögel zum Schweigen bringst, liege ich noch ganz anders da. . ."

Das ließ er sich nicht zwei Mal sagen, und auch sein treuer Begleiter, dieser gute Verbündete der Phantasie, wurde hellhörig und reckte sich und streckte sich. Er sprang also aus dem schmalen Bett, riß das Fenster auf und rief, die Vokale kurz und offen, 'ho!', 'ha!', 'he!'

Die Tauben ließen sich davon kaum beeindrucken, immerhin schwiegen sie einen Augenblick still. Dafür zeterte aus einem auffliegenden Fenster eine Frauenstimme heraus, die Reaktion erfolgte so schnell, als habe sie schon den ganzen Morgen hinter dem Vorhang gestanden und gewartet, wann sich da drüben nach der lebhaften Nacht – Licht an, Licht aus, Fenster auf, Fenster zu – wieder etwas tun würde.

Er war vom Fenster zurückgekommen, und seine Hände zeichneten die Linien ihres sich streckenden Körpers nach – Wellen am Strand.

“Ich bin furchtbar altmodisch”, sagte er. “Am liebsten halte ich mich hier auf, und hier. . .”

“Guguu-guck!” rief es wieder. Aber da befanden die beiden sich schon in einem Zustand, wo einen auch ein guguu-guck nicht mehr aus dem Rhythmus bringen kann. Zwar nahmen sie die Umwelt noch wahr, doch gelangte sie zu ihnen wie durch ein Milchglasfenster. Für sie bedeutete das Gurren keine Störung, denn sie erfuhren dadurch: die Welt ist guguu-guck, macht nur ruhig weiter!

Das taten sie, und die Nachbarin hätte gar zu gern das Tier mit den zwei Rücken gesehen. Aber mehr als eine gelegentliche Arm- oder Beinbewegung war nicht zu erhaschen, alles andere blieb ihrer Phantasie überlassen. Mit dieser aber war nicht viel anzufangen, man hätte sie beizeiten ausbilden sollen, und zwar praktisch, denn nun war es zu spät: die schöpferische Veranlagung, die jedem Menschen mitgegeben wird, war, aus welchen Gründen auch immer, nicht entwickelt worden, und das schier unerschöpfliche Reservoir an Energie, das einem jeden mitgeliefert wird, war für anderes, für das Zusammenscharren von Geld und Besitz, draufgegangen. Nein, Frau Nachbarin, so geht's nicht: niemals was für die Lust getan, und dann am Morgen im Nachthemd lüstern am Fenster stehn und auf belebende Schauer warten, frei Haus auf Taubenflügeln herübergebracht. Im Gurren der Vögel lag nur Spott, kühl war es auch noch, sie schloß wütend das Fenster.

Stunden später sausten die mächtigen Schläge der Turmuhr elf Mal aus verschiedenen Tonhöhen auf die schadhaften Dächer herab und brandeten gegen die rissigen Häuserwände – zwei Körper lösten sich voneinander und sehnten sich nach einer Dusche, die es hier nicht gab. Dafür besaß die Nachbarin drüben ein gekacheltes Bad mit allem Komfort, nur daß sie nicht schweißgebadet war.

"Hat dir der Film gefallen?" fragte Ulrike beim Ankleiden.

"Ich fand ihn sehr unterhaltsam. Wenn ich mir allerdings vorstelle, ich hätte ihn drei Mal ansehen müssen, und das innerhalb von zwei Tagen..."

"Ich entnehme deiner verrätselten Rede, daß du den Film schon zwei Mal gesehen hast."

"Das ist eine fehlerfreie Schlußfolgerung, meine kleine Detektivin."

"Du warst also doch drinnen und nicht draußen!" Sie schaute ihn fragend an.

"Fehlgeschossen. Zum ersten Mal habe ich den Film genau zur gleichen Zeit gesehen wie du."

"Das verstehe ich nicht. Wir waren doch gestern Abend gemeinsam in der Vorstellung, Beginn 20.15 Uhr."

"Ohne Zweifel, wir saßen nebeneinander. Wenn das Gedächtnis uns im Stich lassen würde, könnten es unsere Hände vielfach und auf die angenehmste Weise bezeugen. Aber vor der letzten Vorstellung gibt es ja eine vorletzte, und in der hat ein gewisser Slawist, Buchverkäufer und Verfasser von Unterhaltungs-Literatur für die Wochenend-Beilagen regionaler Zeitungen, gesessen, und neben ihm seine allerliebste kleine Schülerin, deren keine drei Handspannen von ihm entfernten und doch unerreichbaren Isohypsen ihn die Handlung des Films nur unter erheblichen Konzentrationsschwierigkeiten verfolgen ließen. Muß ich deutlicher werden?"

“Du spionierst mir nach?” Sie schaute ihm mit kühler Aufmerksamkeit in die Augen.

“Das war jetzt ein Schnellschuß, der ganz und gar danebenging.” Sie standen ausgehbereit in der Mitte des Zimmers, er zog sie an sich, “Nein, das Schicksal hat sich gestern mit mir einen kleinen Scherz erlaubt: nachdem wir uns am Vormittag, nach der Rückkehr von unserem Spaziergang zum Schloß, für den Abend verabredet hatten, führte es mir ein anderes weibliches Wesen zu, das mit mir in die Nachmittagsvorstellung zu gehen wünschte. Nun, und so saßen, nur durch eine Reihe und wenige Plätze voneinander getrennt, zwei Paare im dunklen Saal und frischten ihre Französisch-Kenntnisse auf. Zufrieden?”

“Ja”, sagte sie und erwiderte den Druck seiner Umarmung.

“Jetzt möchte ich dich auch etwas fragen: habe ich dich nun vorgestern Abend in der Menge vor dem Kino “Hirsch” gesehen oder nicht?”

“Herr Ankläger, bitte präzisieren Sie Ihre Frage. Was Sie selbst gesehen haben oder nicht, das kann ein anderer nicht wissen.”

“Gut: warst du in der Menge oder nicht?”

“Darauf gibt es eine klare Antwort: ich hatte, wohl kurz bevor das Schreckliche geschah, den Saal verlassen, weil mir schlecht war.”

“Durch die Seitentür, die auf die Außentreppe führt?”

“Ja. Ich drängte mich durch die Wartenden und ging ahnungslos durch die benachbarten Gassen. Vor Ende der Vorstellung war ich wieder zurück und wartete auf sein Erscheinen. Erst als er nicht kam, obwohl die letzten Besucher schon fort waren, brachte ich Polizei und Krankenwagen mit ihm in Verbindung. Es wurde mir klar, daß sie seinetwegen da waren. Ich wollte zu ihm, aber man ließ mich nicht durch. Und zu sagen, daß ich ihn kannte und die meiste Zeit neben ihm im Saal gesessen war, dazu hatte ich plötzlich nicht den Mut."

"Du Arme!" Zärtlich strich er ihr ein Haar aus dem Gesicht und blies ihr sanft in den Nacken. "Hast du irgendeinen Verdacht?"

"Ich nehme an, der Mörder war eifersüchtig auf meinen Begleiter."

"So wie ich, als du mit ihm aus der Bibliothek gingst."

"Du sahst nicht gerade begeistert aus, als ich dich da stehen ließ mit deinem Einladungssatz, der im nächsten Augenblick den Mund verlassen sollte."

"Hast du nähere Bekannte oder Freunde, von denen einer infrage käme, weil er bei dir abgeblitzt ist?"

Sie überlegte. "Theoretisch schon. Aber gerade denen, die ich abgewiesen habe, traue ich eine solche Tat am wenigsten zu."

"Willst du nicht zur Polizei gehen? Sie kann jeden Verdächtigen verhören und überwachen, sie kann Untersuchungen in die Wege leiten..."

"Das tut sie ja ohnehin schon. Nein, ich halte nichts davon. Er ist tot, daran kann auch die Polizei nichts mehr ändern."

"Den Mörder fassen – ist das nichts? Womöglich bist du auch gefährdet?"

"Du ja dann auch, wenn er uns zusammen sieht."

Nachdenklich traten sie aus dem Haus, zwei Nichtstuer, die die fleißigen Bürger, wären sie nicht schon am frühen Morgen zur Arbeit gegangen, wegen ihres Müßiggangs sicherlich zur Rechenschaft gezogen, wenn nicht gar verprügelt hätten. Die Nachbarin aber stand hinter ihrem Fenster und hätte das freche Paar am liebsten in Stücke gerissen.

Schach der Dame!

Sie hatten sich getrennt: Ulrike ging in die vorletzte Sitzung ihres Französisch-Proseminars, um den ersten Schein ihres Lebens zu erwerben, Kirrmaier beabsichtigte, das Antiquariat gegenüber der Kirche aufzusuchen. Zuerst jedoch betrat er eine Telefonzelle und rief den "Hirsch" an. Er mußte eine Weile warten, dann meldete sich eine barsche Frauenstimme.

"Ich bin ein häufiger Besucher Ihres Kinos. Diesmal möchte ich aber keine Karte vorbestellen, sondern um eine Auskunft bitten: können Sie mir vielleicht sagen, ob vorgestern während der Vorstellung von 18.15 Uhr bis 20 Uhr die Seitentür, die vom Saal zur Außentreppe führt, geöffnet war, so daß Besucher, wenn sie wollten, durch sie das Kino verlassen konnten?"

"Wie bitte?"

Kirrmaier wiederholte seine Frage.

"Sind Sie von der Polizei?"

"Nein. Aber ich muß es unbedingt wissen..."

"Die Tür war während der ganzen Vorstellung verschlossen, wenn jemand den Saal verlassen wollte, mußte er durch den regulären Eingang den Saal verlassen."

"Vielen Dank."

Im Antiquariat gab es keinen Kundenstrom wie im Buchladen drüben, es bildete eine Insel in eben diesem Strom, wo man stundenlang in Ruhe auf Entdeckungsreisen in vergangene Jahrhunderte und in ferne Länder gehen konnte, ohne von Verkäufern, die von ihrem Chef zum Abkassieren angetrieben wurden, belästigt zu werden. Hier saß dem einzigen Angestellten des Geschäfts niemand im Nacken, und es brauchte auch keine besondere Atmosphäre vorgetäuscht zu werden – dieses Geschäft hatte sie einfach, und zwar seit seiner Gründung vor hundertvierzig Jahren. Hermann Hesse hatte hier in den letzten Jahren des vergangenen Jahrhunderts eine Lehre absolviert, diese Tatsache sorgte für einen stetigen Absatz seiner Bücher, sowohl derer, die er geschrieben hatte, wie auch jener, die sein Verlag schon lange nach seinem Tode aus dem Nachlaß mit dem Sinn fürs Geschäft auf den Markt brachte. Jede Generation entdeckte ihn für sich neu und kam, um ihn an der heiligen Stätte seines Wirkens zu kaufen.

Doch so einfach, wie sich das sagt, gelangte der Besucher nicht in das Innere des alten Gebäudes, in dem sich das Geschäft befand. Man hatte alles getan, um vor dem Neugierigen eine ganze Anzahl von Hürden zu errichten, die er zuerst einmal überwinden mußte, wodurch er zeigen konnte, ob es ihm mit seinem Besuch ernst war. Schon den Eingang zu finden war nicht einfach, und die meisten potentiellen Käufer gingen denn auch achtlos an der schweren dunklen Tür vorüber, die eher in einen dunklen Hinterhof zu führen schien. Hatte man sich von ihr aber nicht abschrecken lassen, und, nachdem man sich noch einmal nach Sonne, Häusern und Menschen umgesehen hatte, die man nun zu verlassen gedachte, sich unter Aufbietung aller Kräfte gegen sie gestemmt und sie schließlich zum Nachgeben gezwungen, so stand man zuerst einmal im Dunkeln, genauer gesagt, im Düstern, denn irgendeine schwache Lampe tat im Hintergrund ihr Bestes. Nun erkannte man drei Schritt von sich entfernt eine Schwingtür, die es zu überwinden galt. Wenn man in den Flügeln nicht hängengeblieben war und nicht, aus Angst, zerquetscht zu werden, wieder den Rückzug angetreten hatte, so stand man danach am Anfang eines endlos langen öden Korridors. In diesem an sich schon schmalen Gang war allerlei Arbeitsgerät untergebracht, eine an der Wand lehnende schwere Tischplatte drohte umzufallen und einem den Fuß zu zertrümmern, Kinderwagen und Fahrräder versperrten den Weg, von den Wänden fielen einem Kalkstücke auf den Kopf, eine Verschiebung im Fußboden, über die man stolpern konnte, sowie Risse in den Wänden zeugten davon, daß das Haus, das auf Balken ruhte, die zwei Stockwerke tief in die untersten Regionen der Stadt hinabreichten, in lebhafter Bewegung war.

Auf den beflissenen Liebhaber alter Bücher, der sich bis zum Ende des Korridors durchgeschlagen hatte, wartete nun eine neue Falle: bemerkte er nicht zufällig ein kleines Schild mit einer nach links zeigenden Hand, wie man sie in alten Journalen findet, so konnte er ahnungslos die Tür öffnen, die so einladend rechterhand auf ihn zu warten schien. Tat er dies und ging ein wenig rasch, ohne auf den Boden zu achten, so lief er Gefahr, zwei riesige, mit Moos bewachsene und bei Regen sehr glatte Steintreppen in einen kleinen Hof hinunterzufallen, der mit allerlei Gerümpel angefüllt war. Widerfuhr ihm solches nicht, so wartete linkerhand eine andere Art von Prüfung auf ihn: dort befand sich die Drei-Mark-Ecke. Jedes Buch, das sich hier auf einer behelfsmäßigen Auslage, aber auch unter ihr und hinter einem Verschlag befand, in den man fast mit dem ganzen Körper hineinkriechen mußte, wollte man an die Bücher herankommen – jedes der hier ausliegenden Bücher kostete drei Mark. Man konnte da durchaus Funde machen, und manch ein Kunde drang niemals weiter vor als bis zu dieser verlockenden Ecke. Wer diese Stapel durchgesehen hatte und die sechs Stufen zum Eingang des Geschäfts mit Bravour genommen hatte, ohne auf irgendeinem Abfall auszurutschen, der sah sich nun ganzen Kartons voller Ein-Mark-Bücher gegenüber, die ihn vom endgültigen Eintreten abzuhalten suchten. Es waren nicht wenige, auf die diese feine Preisabstufung ihre Wirkung nicht verfehlte; sie verbrachten hier ganze Stunden ihrer freien Zeit mit dem Durchsehen und gelangten niemals bis zum Laden selbst, worin sie sich von den Liebhabern der Drei-Mark-Ecke nicht unterschieden. Wie unter einem Zwang gingen sie die gut und gerne dreihundert bis vierhundert Bücher und Broschüren durch, die hier wild durcheinander lagen, und ordneten sie zu sauberen Stapeln, in der Hoffnung, einen Schatz zu finden, der der Aufmerksamkeit des Angestellten entgangen war.

Wer sich aus dieser Ecke glücklicher gelöst hatte, stand nun endlich vor der Ladentür und konnte glauben, in der nächsten Sekunde den Laden zu betreten. Doch wer den altertümlichen Mechanismus dieser Tür nicht kannte, die vielleicht vor hundert Jahren einmal eine sensationelle Neuerung dargestellt haben mochte, der konnte lange drücken, schieben, ziehen, stoßen – er blieb ausgeschlossen. Gewöhnlich jedoch erkannte der Angestellte die Situation, vorausgesetzt, er hielt sich nicht gerade im Packraum oder in den entfernteren Gängen des Lagers auf, und kam dem Besucher zu Hilfe. Es kam auch vor, daß ein merkwürdiges Schnappschloß, beziehungsweise dessen ungehorsamer Riegel, die Tür von innen ohne menschliches Dazutun zugehen ließ, und dann mußte der Besucher, wenn der Angestellte nicht im Laden war, resignieren. Wehe ihm aber, wenn er, erleichtert über das Ende der Prüfungen, eintrat und einen überraschten Blick in die Runde warf, dabei aber seine Hand nicht rechtzeitig aus der Tür zurückzog: diese nämlich schloß sich heimtückischerweise automatisch und fiel mit solcher Wucht ins Schloß, daß eine schlimme Quetschung oder ein Bluterguß das Mindeste war, was der allzu voreilige Bibliomane als Erinnerung an die schöne Stadt mit dem berühmten Hesse-Antiquariat davontrug.

Doch wer all diese Hürden mit der Erfahrung eines alten Bücherjägers genommen hatte, der konnte lustvoll in einem Paradies stöbern, von dem er sich draußen, in der Welt des Nicht-Buchs, des Anti-Buchs, niemals hätte eine Vorstellung machen können. Es war ein größerer Raum mit allerlei Abteilungen und Gängen, und fast in seiner Mitte führte eine stilvolle gußeiserne Treppe ins obere Lager hinauf, welcher Zugang den Kunden allerdings untersagt war. Rechts vorne und rechts hinten wurde der Ladenraum von Vorhängen begrenzt, an denen der neugierige Besucher ebenfalls seinen Schritt zu verhalten hatte: Kein Zutritt, stand auf einem Schild, und ein prachtvoll aufgemalter Revolver, dessen Lauf ein feines Pulverwölkchen entschwebte, redete eine deutliche Sprache. Eine solche Drohung war auch angezeigt, denn mancher Frechling hatte den Fuß schon in gespielter Ahnungslosigkeit hinter die Vorhänge gesetzt oder hatte hurtig die Treppe erklommen, bevor er vom Angestellten oder vom Chef höchstpersönlich zurückgepfiffen wurde. Oben nämlich und hinter den Vorhängen ruhten in langen Regalen, Gang neben Gang, peinlich genau katalogisiert und mit Standort-Nummern versehen, ungeahnte Schätze, deren Stückzahl sich auf knappe hunderttausend belief, darunter nicht wenige Bücher in schönsten Maroquin-, Saffian- und Pergamenteinbänden. Hier konnte durch eine Verschiebung tatsächlich Schaden angerichtet werden, denn ein falsch zurückgelegtes Buch war gewöhnlich nicht mehr aufzufinden und damit für den Verkauf verloren. Gar nicht zu reden von dem dicken Staub, der die Bücher aller Jahrhunderte behütete und der, griff ein Unkundiger in ein Buch hinein, dort für eindrucksvolle Daumenabdrücke sorgte. Ganz zu schweigen auch von der Möglichkeit, daß der passionierte Büchersammler in die Versuchung kommen konnte, eines dieser raren Druckerzeugnisse auf eine illegale Weise aus dem Laden zu schaffen. Etwa wie jener berüchtigte Graf Libri, Professor der Mathematik in Pisa, der 1832 nach Paris kam und die Handschriftenbestände in den öffentlichen Bibliotheken Frankreichs aufzeichnen und kontrollieren sollte. Da er überall Zutritt hatte, stahl er sich die wertvollsten Handschriften und Bücher. 1848 mußte er fliehen. Über England kehrte er in seine Heimat Italien zurück. Nun, man kann es auch feiner machen, zum Beispiel wie Goethe: er hat allein von der Bibliothek in Weimar 2276 Bücher entliehen und manche davon zehn bis zwanzig Jahre lang zu Hause behalten. 1764 aber wurde der Pfarrer Johann Georg Tinius geboren, einer der berühmtesten Bibliomanen in der Geschichte des Buches. Anders als dessen natürliche Feinde, die Totenuhr, der Bücher-Skorpion und der Brotkäfer, machte er sich zu dessen unnatürlichem Freund: er hatte einen so ungeheuren Wissensdrang, daß er Reisende überfiel und zum zweifachen Raubmörder wurde, um sich Bücher kaufen zu können. In der langjährigen Haft, die er ohne Geständnis absitzen mußte, schrieb er selbst ein umfangreiches Buch, da er sehr viel Wissen aus seinen Büchern im Kopf hatte.

Kirrmaier ließ sich weder von der Schwingtür eine unvermutete Ohrfeige verpassen, noch vergaß er seine Hand in der zuschlagenden Ladentür, und auch Revolver mußte man nicht auf seine Brust richten, denn er war ein anständiger Antiquariats-Besucher und hier sowieso wie zu Hause. Freundlich lächelnd kam ihm der Angestellte entgegen, der sonst im Hintergrund des Ladens in einem Büro saß, dessen Tür ebenfalls die Aufschrift "Kein Zutritt" trug und deren Glasfüllung eine Federzeichnung zierte, auf der ein menschliches Skelett zu sehen war, von dem sattgefressene Bücherwürmer eilig nach allen Richtungen auseinanderstrebten. Dieser Angestellte, der von stattlichem Wuchs war, von seiner Physiognomie her an Puschkins Eugen Onegin erinnerte und ein ansehnliches Genießer-Bäuchlein sein eigen nannte, das, wie alle Bäuche oder Mägen, ein miserables Gedächtnis hatte und sich in seiner Undankbarkeit schon wenige Stunden nach einem opulenten Mahl an nichts mehr erinnern konnte und neue Atzung begehrte – dieser Angestellte wies mehrere Fähigkeiten auf, die ihn unter seinen Freunden und Bekannten stets zu einem gern gesehenen Gast und Gesellschafter machten: schlagfertig, witzig und belesen, brachte er immer einen besonderen leichten Ton in die Unterhaltung, und seine Sarkasmen machten die Runde; er liebte Spiel und Sport, war ein vorzüglicher Tennis- und ein erfolgreicher Schachspieler; er hatte ein phänomenales Gedächtnis und konnte eine nicht unbeträchtliche Anzahl von berühmten Schachpartien auswendig, und als ausgezeichneter Theoretiker war er in der Lage, stunden-, ja tagelang alle bekannten Eröffnungen mit den wesentlichen Varianten zu demonstrieren und eine Unzahl von Problemen zu erläutern. Außerdem vereinigte er in sich die Fähigkeiten eines Gourmet mit den Neigungen eines Gourmand, was vielleicht einen noch höheren Grad von Kennerschaft bedeutet als das immer nur maßvolle Kosten des doch ein wenig blutleeren, überfeinerten Gourmet.

Kirrmaier, der gewöhnlich literarische Diskussionen mied, liebte es, sich mit Schutek, so hieß der Hüter der antiquarischen Schätze, in unambitiöser Weise über Autoren und Bücher zu unterhalten – das Gespräch mit ihm war eine Erholung, man mußte nicht befürchten, einen nie mehr gutzumachenden Lapsus zu begehen. Und vor allem bekam die Unterhaltung mit ihm sehr rasch jenen schwebenden Ton, der in dieser Stadt, trotz einer nicht zu übersehenden Ansammlung höchster Intelligenz, recht selten zu sein schien.

“In der Literatur kommt der Vatermord vor, der Muttermord meines Wissens nicht”, sagte Schutek, “das gibt doch zu denken.”

“In der Terminologie Ihrer Spezialdisziplin ausgedrückt: immer nur ‘Schach dem König!’ nie ‘Schach der Dame!’” Kirrmaier überlegte. “Vielleicht ist aber die Ermordung der Geliebten oder der Begehrten stellvertretend die späte Ermordung der Mutter? Nicht wenige Männer suchen sich ja bekanntlich eine Frau, die den mütterlichen Typ, womöglich den Typ ihrer eigenen Mutter verkörpert; das könnte der Grund sein.”

Schutek wollte dazu etwas sagen, aber die Tür ging, und herein trat Dorothea Wallberg.

In den Wäldern

Wie gut sie sich verstanden! Kirrmaier fühlte, wie heiße Wellen durch seinen Körper liefen. Dorothea hatte sich, nach kurzer Begrüßung mit ihm, Schutek zugewandt, und die beiden sprachen sehr angeregt über die Paris-Fahrt, zu der sie sich angemeldet hatten. Kirrmaier versuchte, an dem Gespräch teilzunehmen, ein paar nützliche Tips zu geben, denn in Paris kannte er sich aus. Sie hörten zwar höflich zu, aber er spürte, daß er letztlich ausgeschlossen blieb und daß die beiden schon ganz in der Vorfreude auf etwas lebten, das sie noch nicht kannten und worüber sie auch von einem Kenner nicht zuviel im voraus erfahren wollten.

Er nahm ihnen das Versprechen ab, ihm aus Paris eine Karte zu schreiben, hinterließ ihnen seine Adresse und verabschiedete sich. Obwohl er sich sagte, daß sie nicht zusammenpaßten und er nichts zu befürchten brauchte – Schachspieler sind asoziale Wesen, sie haben im Grunde für nichts anderes Interesse als für Schach, sie tragen ihre Probleme auf dem Schachbrett aus, wo allerdings nie eine Lösung gelingt, erinnerte er sich –, konnte er doch ein Gefühl der Niedergeschlagenheit und der Enttäuschung nicht verbergen. Enttäuschung worüber? Er wußte es nicht, denn die Nacht, die er mit Ulrike verbracht hatte, war herrlich gewesen wie selten eine Nacht. Vielleicht, weil sich die Distanz zu Dorothea, auch wenn sie sich dutzten, nicht verringert zu haben schien? Hatte er der – gewiß schwierigeren – Annäherung an Dorothea das leichte Mitmachen Ulrikes vorgezogen und sich um seine wahren Gefühle betrogen?

Er dachte an den Abend zurück, wie er sich von Dorothea getrennt hatte und ins Kino geeilt war, um Ulrike nicht warten zu lassen. Dabei hatte er nicht einmal gewußt, ob sie überhaupt kommen würde, ob sie nicht mit ihrem Slawisten unterwegs war. Aber der war offenbar zu seiner Sportveranstaltung gefahren, von der er im Erfrischungsraum der Neuen Aula gesprochen hatte, denn Ulrike erwartete ihn schon, und er mußte nicht lange neben ihr sitzen, um zu wissen, daß er diese Nacht nicht allein zu verbringen brauchte. Die Verständigung ging überraschend schnell – Ulrike schien der Vormittag mit ihm gefallen zu haben.

In Gedanken war er zum Eingang der Kirche hinaufgegangen, hatte aber nicht sie, sondern die Alte Aula betreten, war die knarrenden Treppen hinaufgestiegen und fand sich zu seiner eigenen Überraschung vor dem Tisch im letzten Stock wieder, an dem er tags zuvor die beiden Lernenden entdeckt hatte. Er ging zu dem kleinen Fenster hinüber, von dem aus man die kurze Straße sah, die zur Kirche und zur Aula heraufführte. Studenten kamen und gingen, Hunde jagten Tauben nach, Schulkinder schleppten ihre Taschen.

Kirrmaier wollte schon das Fenster verlassen, da löste sich aus dem Dunkel der Kirche eine Gestalt und blieb auf der Schwelle stehen. Er wischte den Staub von der Scheibe – es war Ulrike. Vorsichtig spähte sie nach draußen, dann zog sie sich wieder in die Kirche zurück.

Kirrmaier gab es einen Ruck, er spürte: etwas Entscheidendes lag in der Luft. Er brauchte nicht lange zu warten. Um die Ecke der Kirche kam mit schnellen Schritten der Slawist und verschwand in ihrem Innern. Sollte er hinuntergehen? Falls der Turm geöffnet war, konnten sie die Kirche durch den anderen Eingang verlassen, der gegenüber dem Antiquariat lag, während er hier oben stand und wartete. Trotzdem blieb er. Er sah auf die Uhr, fünf Minuten gab er ihnen.

Diese Frist war fast verstrichen, da traten sie, Hand in Hand, aus der Kirche. Nach einem raschen Kuß trennten sie sich: Ulrike blieb im Eingang stehen, während der Slawist an der Aula vorbei die Einbahnstraße hinaufging, die zur Polizei führte. Gleich würde ihn Kirrmaier aus dem Blick verlieren, das Fenster war zu klein. Rasch lief er zum nächsten Stock hinab und sah gerade noch durch das große Fenster, wie der Slawist sich noch einmal zu Ulrike umsah und dann entschlossen das Polizei-Gebäude betrat. Nun ging auch Ulrike fort, und Kirrmaier stand allein da hinter seinem Fenster, das ihm so viel gezeigt und doch gar nichts verraten hatte.

Langsam, als habe er einen Schlag vor den Kopf bekommen, wankte er Stufe um Stufe hinunter. Eine Komödie hat sie mir vorgespielt, dachte er, und ich habe nichts gemerkt. Sie ist mit mir ins Bett gegangen, um mich abzulenken, um mich zu beruhigen. Er stand auf der Straße und schaute zur Polizei hinüber. Dabei nahm er etwas wahr, dessen Bedeutung nicht sofort in sein Bewußtsein drang: mehrere Leute, Studenten, traten nacheinander in das Gebäude, in dem der Slawist verschwunden war. Er konzentrierte sich – natürlich, dort war ja auch das neue Sprachlabor untergebracht!

Er ging die Straße hinauf und betrat das Haus: links Polizei, rechts Sprachlabor. Laut Stundenplan begann jetzt gleich Polnisch. Die Tür war angelehnt, er machte sie auf. Um einen Tisch herum und am Fenster stand eine Handvoll Studenten, die ihn erstaunt ansahen. Kirrmaier kümmerte das nicht, er ging an ihnen vorbei und warf einen Blick in die Kabinen. In einer von ihnen saß jemand und machte sich am Tonbandgerät zu schaffen, das er noch nicht zu beherrschen schien. Der Slawist war es jedoch nicht. Er verließ den Raum und schaute noch, um nichts versäumt zu haben, in die Toilette, aber die war leer.

Er war also doch drüben, im anderen Teil des Gebäudes. Ob er freiwillig hingegangen war, um eine Aussage zu machen? Ob er eine Vorladung erhalten hatte? Jedenfalls war ihm der Gang hierher nicht leicht gefallen, sonst hätte er einer Rückenstärkung durch Ulrike – durch Fräulein Feyerabend – nicht bedurft!

Kirrmaier beschloß, einen längeren Spaziergang zu unternehmen, arbeiten konnte er in dieser Gemütsverfassung sowieso nicht. Er hatte bald die Stadt hinter sich gelassen, schaute von der Höhe noch einmal auf sie zurück und befand sich um die Mittagszeit in der Waldeinsamkeit, die ihn aufnahm wie immer, ohne zu fragen woher und wohin.

Er kannte die Natur wie wohl nur wenige seiner Kommilitonen dort unten im Tal, denn er hatte viele Jahre seiner Kindheit in ihr verbracht. Vier Jahre hatte die Mutter mit ihm in einem Städtchen bei Berlin gelebt, und diese erste Kindheit fast ohne Natur, mit Brennesseln zwischen den Trümmern als ferne Erinnerung, war geprägt worden vom Heulen der Luftschutzsirenen, deren Ton er heute noch im Ohr hatte, von langem Alleinsein, von Hunger und Kälte. Wieviele Erlebnisse hatte es damals schon gegeben, die sicher ihre Spuren hinterlassen hatten: das dunkle Torgewölbe, durch das der Weg zu dem Häuschen führte, in dem ihr Zimmer war; der glühende Herd mit seinen Ringen, auf dem die Mutter einmal die ganze Nacht Zuckerrüben kochte, und er lag auf dem Fußboden und schaute der Bewegung von Licht und Schatten an den Wänden und auf der Zimmerdecke zu; der Saal des Kindergartens, in dem er allein unter hundert feindlichen verkommenen kleinen Menschen saß, die ihm alles wegnahmen und ihn schlugen; das erste bewußte Weihnachten, auf das er sich freute, und als er, krank im Bett, die Augen aufschlug, hatte die Mutter von der Lampe zum leeren Weihnachtsbaum eine Schnur gespannt und Taschentücher zum Trocknen aufgehängt, und er hatte vor Enttäuschung angefangen zu weinen; der russische Panzer, der plötzlich hielt, dessen Fahrer zu dem verhungert am Straßenrand stehenden Kind herabsprang und ihm ein Stück Zwieback schenkte; und einmal, als die Mutter Mohrrüben und ein paar erfrorene Kartoffeln von der Arbeit mitbrachte, hatte er ausgerufen: nicht wahr, wir sind die reichsten Leute von Berlin?

Wenn Kirrmaier nachdachte, kamen ihm noch manche Details aus dieser Zeit in den Sinn, deren Ernst er als Kind nicht erfassen konnte. Daß ein betrunkener russischer Offizier seine Mutter mit einem Gewehr im Rücken durch die Straßen getrieben hatte, am nächsten Morgen zu der halb Wahnsinnigen kam, sie um Verzeihung bat und ihr einen Heiratsantrag machte – so etwas war Gott sei Dank außerhalb seiner Wahrnehmungs- und Denkfähigkeit geblieben, davon hatte man ihm erst viel später erzählt.

Mehr, unendlich viel mehr wußte er von seiner zweiten Kindheit, die er, nach einer abenteuerlichen Flucht über die Grenze, auf einem großen Bauernhof am Rande des Spessarts erlebt hatte. Vor allem war er dort, nach der Trümmerzeit, zum ersten Mal mit der Natur in Berührung gekommen, hatte sie kennen und lieben gelernt. Die Jahreszeiten mit ihren Farben und Gerüchen zogen an ihm vorbei, er fuhr auf dem hohen schwankenden Wagen nach Hause, über sich den Sternenhimmel, der ihn von nun an für immer begleiten sollte; er spielte mit Kameraden auf den Heuböden, streifte durch die Wälder, lernte sich in der Natur zu bewegen und ihr besonderes Wesen zu erahnen. Wer als Kind den Rauch der Herbstfeuer eingeatmet hat, im Schweigen der Wälder Geheimnissen auf der Spur war oder im Winter mit dem Schlitten allein die Weihnachtspakete von der weit entfernten Poststation geholt hat, den läßt später die Stadt mit all ihren Attraktionen im Grunde immer gleichgültig. Dazu mußte man kein Naturanbeter sein, mußte man die nach unerbittlichen Gesetzen lebende Natur nicht verklären. Oft ist es nur ein Existenzmoment, nicht mehr, nicht weniger. Wen es betrifft, an diesem Moment teilzunehmen, der braucht weiter keine Erklärung.

Der Wald war zuende, der Wanderer gelangte auf die Hochfläche und näherte sich einem Dorf. Eine Bank auf dem kleinen Friedhof am Ortseingang lud zum Ausruhen ein. Über einen der mit feinem Kies bestreuten Wege schob eine alte Frau hinkend einen Kinderwagen vor sich her. Ein Kind saß nicht in ihm, aber er war auch nicht leer: eine Gießkanne stand darin. Diese füllte die Frau an einem Wasserhahn, stellte sie wieder in den Wagen und fuhr sie zum Grab, um die Blumen auf ihm zu gießen.

Die Sinnbildhaftigkeit dieses Vorgangs bewegte ihn. Vielleicht war das Kind, das einmal in dem Wagen gefahren worden war, gestorben und lag nun in dem Grab, das die Frau gerade goß? Er hätte sie fragen können, half ihr aber nur schweigend, den Wagen die Stufen zur Straße hinunterzutragen, als sie ihre Arbeit beendet hatte.

In einem Wirtshaus trank er ein Bier und aß etwas. Die Bauern am Stammtisch hatten nur kurz aufgeschaut, als er eingetreten war und sich allein an einen Tisch gesetzt hatte. Er hielt nichts von dem Traum einer Verbrüderung mit dem Landvolk, und die Begeisterung der Intellektuellen für die exotische Welt der Bauern war ihm fremd. Er saß in seiner Ecke, war froh, daß man ihn in Ruhe ließ, und genoß sein Bier.

Zeit für eine kleine Lebensbilanz, für einen nachdenklichen Rück- und Ausblick mit eventuellen Konsequenzen, mit Kurskorrekturen? Nein, das war nicht nach seinem Geschmack, und schon gar nicht nach dieser schönen, befreienden Wanderung. Er wußte, woran er sich halten konnte, was er zum Leben brauchte wie das tägliche Brot, und das genügte. Nicht weniger als Diskussionen über Literatur haßte er, auch dann, wenn er nur sich selbst zum Diskussions-Partner hatte, das Philosophieren in allen Lebenslagen und das ungebetene Umstülpen des Seelenladens à la russe. Situationen, die sich auf ein solches Ende hinzuentwickeln drohten, mied er wie die Pest, er wich ihnen aus wie den zuklappenden tropfensprühenden Regenschirmen der Passanten auf dem Bürgersteig. Und doch mußte er, schon seit der Schulzeit, nicht wenige solcher Situationen in all ihrer sirupartigen quälenden Zähigkeit durchmachen, denn gerade ihn erkor man sich gerne zum Beichtvater.

Er verließ das Dorf und wählte einen anderen, weiteren Rückweg. Eine hohe Buche stand am Weg, eine Blutbuche, und er legte sich unter sie ins Gras, wie er es als Kind gern getan hatte. Er lag da, schaute durch die Zweige zum leeren Himmel hinauf und erinnerte sich daran, welchen Eindruck schon in der Kindheit der Anblick dieser Leere auf ihn gemacht hatte. Und allmählich wich aus seinem Bewußtsein, was sich ihm im Laufe der Jahre aufgedrängt und sich tiefer eingegraben hatte, als ihm lieb war. Dann sah er noch Dorothea und Schutek im Bus nach Paris fahren und sich im Hotel in die Arme fallen, alles folgende verwirrte sich, und er schlief ein.

Von einem Windstoß erwachte er. Rasch ging er weiter, Wolken kamen auf. Als er die Stadt erblickte, setzte Regen ein, in der erfrischenden Luft lag bald bitterer Geruch von Laub und stumpfer Geruch von Erde. Völlig durchnäßt erreichte er seine Straße und sein Haus. Im Briefkasten fand er einen Umschlag. Er öffnete ihn beim Hinaufgehen zu seinem Zimmer: ein Schreiben der Polizei forderte ihn auf, sich gegen zehn Uhr des nächsten Tages zur Beantwortung einiger Fragen auf dem Revier einzufinden.

Es lebe der König!

Kirrmaier hatte sich umgezogen und dann das nächste Telefonhäuschen aufgesucht. Im Einwohner-Meldeamt war der zuständige Beamte noch da.

“Feyerabend mit -ey-?”

“Ja.” Kirrmaier wartete und sah den Regentropfen zu, wie sie an den Scheiben herunterrollten.

“Wir haben mehrere Feyerabend, aber eine Feyerabend, Ulrike ist nicht dabei, tut mir leid.”

Kirrmaier bedankte sich. Also zum Romanischen Seminar, dort mußte ihre Adresse ja zu bekommen sein, wenn sie an einem Proseminar teilnahm. Und morgen zur Polizei. Berührung mit der Staatsmacht, mit dem Apparat. Gedichte werden aus dem Chaos geboren, und auch wenn sie fertig sind, verleugnen sie ihre Herkunft nicht. Die Strenge und Disziplin, die notwendig sind, wenn man zwingende Worte und Bilder aus dem grauen Strom herausheben will, sind nicht mit Ausübung von Macht zu verwechseln. Keine Wertpyramide – Gleichberechtigung eines jeden Individuums. Das Gedicht: Versammlungsraum für Anarchisten. Kropotkin und Seine Majestät, die Majestät des Absurden. Es lebe der König!

Sicher hatte die Vorladung etwas mit dem Mord zu tun, daran zweifelte er nicht. Was man ihn wohl fragen würde? Aber was konnte er denn überhaupt sagen, was wußte er schon? Vielleicht würde er selbst etwas Neues erfahren. Natürlich nicht direkt, sondern durch die Fragen, die man ihm stellen, durch die Namen, die fallen würden.

Die Straßen waren trotz des Regens überfüllt von Menschen. Durch den Arbeitsschluß näherte sich der Bevölkerungs-Querschnitt ein wenig dem anderer Städte: Arbeiter, Beamte und Angestellte sorgten kurzfristig dafür, daß die Studenten nicht mehr fast ausschließlich das Stadtbild beherrschten. Auf halbem Wege fiel Kirrmaier ein, daß es fürs Romanische Seminar zu spät war. Vielleicht wußte man im Buchladen ihre Adresse. Falls sie schon Bücher auf Rechnung gekauft hatte, müßte sie von der Buchhaltung im dritten Stock zu bekommen sein.

Im Geschäft war es ausnahmsweise einmal recht leer. Der Kronprinz kam die Treppe herunter, begrüßte Kirrmaier und machte ihn auf einen neuen Gedichtband aufmerksam. Wie alle Buchhändler hatte er ihn kurz in der Hand gehabt, einen flüchtigen Blick hineingeworfen, der ihm sagte, für welche Klasse von Käufern beziehungsweise für welches Intelligenz-Niveau er infrage kam, und ihm auf einer Auslage den ihm gebührenden Platz gegeben, der sich nach seiner Verkäuflichkeit richtete. Mit Gedichten hatte der Kronprinz nicht viel im Sinn. Trotzdem hätte er jedem x-beliebigen Kunden über das Buch einen Vortrag gehalten, wenn dies gewünscht worden wäre, oder zumindest in einer Diskussion über die Vorzüge und Mängel des Autors kräftig mitgemischt. Bei Kirrmaier jedoch wußte er, daß er sich blamieren konnte, und so beschränkte er sich klugerweise auf den bloßen Hinweis. Er selbst hielt diese Zurückhaltung nicht nur für klug, sondern auch für nobel und dem Gegenstand angemessen: ein Buch der einsamen Spitzenklasse – deren Leser er freilich für ein wenig verschroben hielt – empfahl man nicht, man wies auf sein Erscheinen hin, beiläufig fast, jedes Wort wäre zuviel.

Kirrmaier hatte zwar etwas Wichtigeres vorgehabt, aber das erschien ihm, als er das Buch aufschlug und das erste Gedicht gelesen hatte, als das Allerunwichtigste von der Welt. Er ging in den ersten Stock hinauf und begann sich in das Buch zu vertiefen. Solche Gedichte hatte er noch nie gelesen, neben ihnen verblaßte, mit einer großen Ausnahme, die gesamte Nachkriegs-Lyrik: "Ihr haltsamen / vier, ihr / Ecken der Gegend! // Ich steh / zwischen Luft, / den Atem sinnend, // indes, mir übers Haupt, / der Raum sich hebt / mit unzähligen Himmeln." Welche Bildgedanken! Welche Sprache! Nein, eine solche Speise hatte er bisher vergebens gesucht. Er las weiter: "Es ist der Tod / nicht Bruder des Gedankens. // Anders als groß, das / Heimweh zertritt er. // Du Erde, ein wie / unsäglich Tatsächliches." Und an einer anderen Stelle: "Wie soll ein Bewußtsein / zu sterben lernen, // sich schicken in seinen / Gegensatz."

Er saß da und las und las, vieles mehrmals. Wenn es auf der Welt noch solche Gedichte gab, hatte es einen Sinn gehabt, bis hierher, bis heute zu leben. Welche Kraft aus diesen Zeilen, die schon auf der Schwelle zum Dunkel standen und noch einmal mit der ganzen Helle des Denkens sprachen, in den Leser überging! Wie alle große Kunst offenbarten auch diese Todesgedanken eine unglaubliche Lebenskraft, von der all jene, die so etwas als negativ abtaten und 'Lebensbejahendes' vom Dichter forderten, nichts ahnten.

Er blickte auf, ihn schwindelte. Die elenden Verslein,

die in hohen Auflagen zur raschen Sättigung des Publikums auf dem Markt waren! Und unter ihnen dieser eine Große, spät in seiner Bedeutung erkannte, wie es der Verlag in werbewirksamer Weise formulierte. Sie würden sich schon über ihn hermachen, wenn er gestorben wäre. Besonders die lieben Kollegen, die ihn lange Jahre überhaupt nicht beachtet oder, in klarer Erkenntnis seiner unendlichen Überlegenheit, ignoriert hatten, würden sich in die Sonne seines späten Ruhms drängen und versuchen, von ihr so viel wie möglich auf ihren eigenen Namen überzuleiten. Man kannte das: da trat der Stümper X auf und las auf einer Gedenkfeier aus den Gedichten des Verstorbenen, der sich dagegen nicht mehr wehren konnte; da hielt der Modedichter Y, ein Vollprofi der Schreibmaschine, eine Rede über die Zeitlosigkeit seiner Dichtung; und da kam der renommierte Verleger, der bis jetzt allenfalls seinen Namen gekannt hatte, und kaufte die Rechte an allem Veröffentlichtem und Unveröffentlichtem, um eine wohlfeile Kassette auf den Markt zu werfen. Und die Hyänen des Kulturbetriebs, die Kritiker, würden aufheulen vor Lust angesichts der schönen Leiche und große Artikel verfassen, die viel Geld einbrächten. Mit vielen Worten würden diese Gaukler die Löcher in ihren Gedanken verdecken. Einen solchen Dichter müßte man für tabu erklären, man müßte ihn schützen vor den durch häufige Prostitution verunreinigten Federn der Star-Rezensenten. Mit welcher Gier würden diese Leichenfledderer, die selbst schon manches lebende Talent durch die Häckselmaschine ihrer Begriffe gelassen hatten, den Leichnam ausbuddeln und sich über ihn werfen – nicht, um ihn neu zu beleben, sondern um den letzten warmen Blutstropfen aus ihm herauszupressen und ihn genüßlich zu kosten.

Kirrmaier zügelte seine Gedanken, Gedanken des Zorns, die einen nur verhärten. Der Regen hatte aufgehört, man hatte die Fenster geöffnet. Die Wirklichkeit, oder das, was man infolge langer Abstumpfung durch biologischen und sexuellen Optimismus, durch Sportplatz-Verbrüderung und das Geschwätz der Politiker als Wirklichkeit zu bezeichnen übereingekommen war, drang gewalttätig von draußen herein: Autolärm, Pfeifen und Johlen, Hähnchengestank vom nahen "Wienerwald". Er versuchte, noch ein Gedicht zu lesen, aber die Konzentration war gestört. Aus irgendeinem Grund fiel ihm der Empfang auf dem Hof im Spessart ein, den sie in eiskalten Januarfrösten erreichten: in einer Ecke des Hofs, auf den Stufen, die zum linken Teil des Wohntrakts führten, stand ein alter Mann. Vor seinen Mund hielt er ein Megaphon, und als er der beiden Flüchtlinge ansichtig wurde, ergoß sich ein Sturzbach sinnloser Worte auf sie herab – ein Toter des Weltkriegs, ein Hirngeschädigter, wie man diese von Menschenhand Erledigten euphemistisch nennt, begrüßte auf seine Art zwei zufällig Überlebende. Mit welchen Worten würden die Toten des nächsten Krieges die Überlebenden, falls es welche geben sollte, wohl begrüßen? Vielleicht mit einer Ansprache im verseuchten Supermarkt, dem geistigen Zentrum der Nation: Der Verkauf geht weiter. Bitte nicht drängeln!

Kirrmaier stand auf und ging die Treppe hinunter. Hinter der Kasse stand der Kleine Dicke. "Könnte ich über Ihre Buchhaltung die Adresse eines Ihrer Kunden erfahren, vorausgesetzt, es befindet sich dort eine Rechnung von ihm?" wandte er sich an ihn.

"Ich will einmal hinaufrufen, ob noch jemand da ist." Hinter der Tür zum Taschenbuch-Lager, zur 'Küche', hing ein Telefon. Es meldete sich niemand.

“Ich glaube, ihr Slawist könnte sie wissen.”

Der Dicke schaute ein wenig erstaunt, doch er hatte sich gleich wieder in der Hand.

“Der Slawist hat eine Woche Urlaub genommen”, rief der Kronprinz, der alles, was in diesem Hause gesprochen wurde, hörte, von der Treppe herab. Erfreut registrierte er, daß Kirrmaier das Buch kaufte.

Am Ende hat er vor, mit Ulrike eine kleine Fahrt nach Moskau zu unternehmen? dachte Kirrmaier für sich.

“Um wen handelt es sich denn?” Der Kronprinz war neugierig geworden und kam die Treppe herab.

“Um eine gewisse Ulrike Feyerabend”, sagte Kirrmaier und blickte dabei dem Dicken fest ins Gesicht, doch der verzog keine Miene.

“Den Namen habe ich schon geschrieben”, meinte der Kronprinz, “aber an die Straße kann ich mich nicht erinnern. Ich glaube aber, es war eine, die mir völlig unbekannt ist. Ach so, ja, sie wohnt gar nicht hier, sondern irgendwo in der Nähe, Moment ... Nein, wo, das habe ich vergessen, schade, ich hätte es Ihnen gern gesagt. Aber Sie kommen ja öfter herein. Oder kann man etwas ausrichten, falls Fräulein Feyerabend vorher kommen sollte?”

Das hatte der Kronprinz alles in einem Atemzug hervorgesprudelt, Kirrmaier dankte. “Daß Ihr Slawist Urlaub genommen hat, ist sicher?” fragte er.

“Was käme denn sonst noch infrage außer Urlaub oder Krankheit?” sagte der Dicke und zog sich, ohne eine etwaige Antwort abzuwarten, ins Lager zurück.

Kirrmaier verließ das Geschäft. Die Sonne schien wieder. Jetzt stand er auf der Schwelle der Kirchentür und schaute vom Hellen ins Dunkle. Er befand sich auf der Grenze von hier nach dort, und fast kam es ihm vor, als ob beides dasselbe wäre. Aus heller Luft in dunkle Luft, das war wie der Wechsel von einem hellen Gedanken zu einem dunklen Gedanken – auf der Schwelle war ihr gemeinsamer Grund zu erahnen.

Er ging hinein und setzte sich, ohne sich umzusehen, ohne jemanden zu suchen, in eine Bank. Und bald kamen die Worte wieder, die sich für immer in sein Inneres gesenkt hatten. Du Erde, ein wie / unsäglich Tatsächliches. . . Einige Kirchenfester glühten in den Strahlen der untergehenden Sonne. Schon morgen würden sie wohl vor der großen Rosette von Notre-Dame stehen, und das riesige Kirchenschiff, durchflutet von den festlichen Klängen der Orgel, würde in den Jahrhunderten der Geschichte versinken angesichts dieser Fülle aus Licht.

Es schlug sechs Uhr – die Realität, dieser Zufall, dieser Abfall des Lebens. Kirrmaier verließ rasch die Kirche, ging die Gasse zur Brücke hinunter und weiter zum Bahnhof. Der Dicke kam zehn Minuten später und löste eine Fahrkarte. Kirrmaier folgte ihm durch die Unterführung und stieg in den gleichen Zug, der kurz darauf abfuhr. Bald war man zwischen Wiesen und Feldern, von weitem schimmerte zwischen Birken das helle Kirchlein der Südstadt hervor, das er von manchen Spaziergängen her liebgewonnen hatte. Der Schaffner kam, Kirrmaier nannte eine der nächsten Stationen, in der Hoffnung, der andere würde nicht mehr viel weiter fahren. Der stieg schon an der übernächsten Station aus, Kirrmaier hatte es gerade noch rechtzeitig bemerkt.

Der Bahnhof lag ein wenig außerhalb des Orts, er mußte dem Dicken vorsichtig und in einem größeren Abstand folgen, wenn er nicht bei seinem Blick zurück gesehen werden wollte. Herrlich, dieser Duft nach Kuhstall, Pferdemist, Äpfeln und Brot! Wie hatte man noch im Fränkischen die fette Milch genannt, die die Kuh beim Kalben gibt? Jedes der Kinder auf dem Hof hatte ein Stück bekommen, nachdem sie unter dem Sternenhimmel gewartet hatten, bis im Stall das geheimnisvolle Werk vollbracht war.

Es ist nicht leicht, sich rasch und dabei doch unauffällig durch ein Dorf zu bewegen, wo man in dieser geschlossenen Lebensgemeinschaft schon spazierengehender Weise auffällt. Trotzdem verlor er die kleine, bei leicht vorgebeugtem Oberkörper weit ausschreitende Gestalt nicht aus den Augen und versäumte auch nicht, sich das Haus zu merken, das sie sofort aufnahm.

Lauter sympathische Menschen

Die Sonne schien ins Zimmer, die Tauben gurrten schon lange, die Uhr schlug schwer und hart. Dazwischen schlief er ein, schreckte hoch, schlief wieder ein, ohne daß es in seinem Bewußtsein heller wurde. Einmal war die Hand übers Gesicht gefahren, und von dieser Bewegung blieb etwas zurück, das es aufzuklären galt. Aus dem Dunkel, in das er wieder hinabgetaucht war, löste sich jetzt ein erleuchtetes Fenster. Es tanzte hin und her wie eine Lampe, die man in Schaukelbewegung versetzt hat. Wenn man es nur anhalten könnte, es machte einen ganz schwindelig und der Kopf schmerzte einem davon.

Was hatte die Hand da vorhin gespürt? An irgend etwas war sie hängengeblieben. Wieder schlug die Uhr und wollte gar nicht mehr enden, in verschiedenen Tonhöhen teilte sie unaufhörlich schmerzende Schläge aus. Das Fenster kam zum Stillstand. Er blickte hinein: Ulrike saß am Tisch, vor sich ein Buch und sprach etwas vor sich hin, man sah, wie sie die Lippen bewegte. Und dann dieser Schlag, nicht von der Uhr – Kirrmaier fuhr hoch und setzte sich auf. Die Erinnerung kehrte allmählich zurück: er hatte sich an das Fenster herangeschlichen, war auf ein Mäuerchen gestiegen und hatte da drinnen Ulrike sitzen sehen. Merkwürdigerweise war sie allein, er hatte den Dicken bei ihr vermutet. Sollte er nur zufällig in demselben Haus wohnen und gar nichts mit ihr zu tun haben? Er reckte wieder den Hals – und dann dieser Schlag von hinten, der ihn von der Mauer mähte, so daß er nach vorne kippte und auf die Erde schlug. Er rappelte sich hoch, mußte aber kurz liegenbleiben. Ein Bauer fragte ihn, ob es ginge, sein Sohn kam dazu, sah die Verletzungen, und die beiden brachten ihn in die Stadt zur Apotheke, die Nachtdienst hatte, dort wurde er verarztet. Ach ja, er hatte sich ihre Adresse geben lassen, er wollte sich bei ihnen bedanken.

Nun schlug es drei Mal. Gott sei Dank, jetzt war es ihm eingefallen: die Vorladung! Das wäre peinlich gewesen, wenn er sie vergessen hätte. Schnell aus dem Bett, ein Blick in den Spiegel – auf der Stirn ein Pflaster, eines auf der Wange, Jod-Spuren. Er wollte die Gesichtsmuskeln bewegen, es tat weh. Er ging die drei Treppen hinunter, im Haus war niemand. Die Einbahn-Straße, vorbei am Hintereingang der Buchhandlung, der Platz vor der Kirche mit dem Antiquariat auf seiner rechten Seite, die kurze Straße zur Kirche, rechts herum die Straße an der Alten Aula vorbei, das Gebäude der Polizei –

"Herr Kirrmaier?"

"Ja, Hans Kirrmaier."

"Inspektor Wegener. Bitte, setzen Sie sich."

Ein Arbeitsraum mit verschiedenen Stadtplänen an den Wänden, mit Aktendeckeln, Schreibmaschinen und mehreren Telefonen auf dem Tisch.

"Herr Kirrmaier. Sie haben, nehme ich an, noch niemals eine Vorladung von der Polizei erhalten, da werden Sie vielleicht ein bißchen erschrocken gewesen sein, als Sie so unvermutet den Brief vorfanden? Aber es ist eine

Routinesache. Ich muß Ihnen in einer bestimmten Angelegenheit ein paar Fragen stellen. Übrigens können Sie die Antwort verweigern, Sie wissen: alles, was Sie sagen, kann gegen Sie. . ."

Kirrmaier winkte ab. Der Inspektor begann.

"Können Sie mir sagen, wo Sie sich am Dienstag Abend zwischen 19 und 20 Uhr aufgehalten haben?"

Das kam ein bißchen rasch, Kirrmaier mußte nachdenken. Richtig, das war der Kino-Tag. "Etwa um dreiviertel sieben verließ ich die Mensa, war bis kurz vor dreiviertel acht in der "Stadtpost" und ging dann zum Kino "Hirsch" hinüber, um noch einen Platz für die Abendvorstellung zu bekommen, eine Karte hatte ich schon."

"Und sind Sie hineingegangen?"

"Nein, vor dem Kino stand eine große Menschenmenge, die Polizei sperrte den Eingang ab."

"Was taten Sie, als Sie das sahen?"

"Ich wartete eine Weile. Ein Krankenwagen kam, dann wurde erklärt, die Vorstellung falle aus. Die Polizei löste die Menge auf und ich ging fort."

"Können Sie beweisen, daß Sie erst zum Kino kamen, als der Eingang schon abgesperrt war?"

"Die Bedienung in der "Stadtpost" kann sich vielleicht erinnern, wann ich mein Bier bezahlt habe."

"Und was haben Sie mit Ihrer Eintrittskarte gemacht? Die war ja nicht verfallen."

"Ich habe sie dummerweise verloren. . ."

"Kennen Sie jemanden, der Sie draußen vor dem Kino in der wartenden Menge gesehen hat und dies bezeugen könnte?"

"Ich war allein dort, ich weiß nicht, ob. . ."

"Gut, gut." Der Inspektor schwieg kurz, dann beugte

er sich leicht zu Kirrmaier vor, der auf der anderen Seite des Schreibtisches saß. “Kennen Sie diesen Mann?” Der Inspektor hatte die vor ihm liegende Akte aufgeschlagen und ihr ein Foto entnommen. Dieses hielt er Kirrmaier entgegen.

Es gab keinen Zweifel: das war das Gesicht des Mannes, der Ulrike in der Bibliothek abgeholt hatte. Kirrmaier bejahte die Frage und erzählte, was er wußte.

“Sie kennen Fräulein Feyerabend?”

“Ja.”

“Schon länger?”

“Nein, seit jenem Abend, als ich sie flüchtig im Lesesaal der Universitäts-Bibliothek sah.”

“Und wie waren Sie auf die beiden aufmerksam geworden?”

Kirrmaier zögerte, dann berichtete er, wie es sich zugetragen hatte.

Der Inspektor schien sehr zufrieden mit ihm zu sein. Er stand auf. “Sehen Sie, die Fragerei ist schon beendet. Ich kann allerdings nicht ausschließen, daß ich Sie nicht irgendwann doch noch einmal brauche. Telefonisch sind Sie nicht zu erreichen?”

“Nein, ich habe ein sehr einfaches Zimmer. . .”

Der Inspektor begleitete ihn zur Tür. Ein Telefon klingelte. Der Inspektor sah sich um, bevor er aber zum Tisch ging, fragte er Kirrmaier noch rasch und ganz nebenbei: “Sie kennen Fräulein Feyerabend gut?”

Kirrmaier errötete. “Ich war – eine Nacht – mit ihr – zusammen”, stotterte er.

“Noch einmal vielen Dank, Herr Kirrmaier.” Der Inspektor schob ihn zur Tür hinaus. “Sie finden den Weg hinunter?” fragte er noch durch den Türspalt, dann eilte er zum Schreibtisch.

Kirrmaier mußte sich ein wenig sammeln. Es fiel ihm ein, daß er doch hatte fragen wollen, wie der Mord begangen worden war. Ein ganz angenehmer Mensch, dieser Inspektor, dachte er, sachlich, klar, nüchtern – wie ein Arzt, der einen nach den Erscheinungsformen einer Krankheit befragt, um seine Diagnose stellen zu können. Eine gewisse Freundlichkeit war sogar dabei. Ja, man schimpft gern auf die Beamten. Dabei tun sie einen Dienst, der um einiges schwerer sein dürfte als die Studiererei. Wie alt mochte er wohl sein? Vielleicht Mitte, Ende fünfzig, denkt an seine Pensionierung. Ob er dann für die restliche Zeit seines Lebens Ruhe hat, oder ob er immer an die Fälle denken muß, mit denen er zu tun hatte? Man bekommt ein ganz anderes Verhältnis zur Polizei, wenn man auf diese Weise mit ihr in Berührung kommt. Man sollte in seinem Urteil doch nicht so leichtfertig sein. Reuemütig erinnerte er sich an das kleine Zimmer da oben und an den sympathischen Mann, der so schonend, ja fast um Verzeihung bittend seine Fragen gestellt hatte.

Frohgemut ging er die Straße hinunter, vorbei an der Alten Aula und der Kirche. Die Sonne brannte wieder, er wollte sich mit der Hand den Schweiß von der Stirn wischen, und erst, als er an den Pflastern hängen blieb, fiel ihm auf, daß der Inspektor gar nicht erstaunt gewesen war über sein verkleistertes Gesicht. Ein anderer hätte sich da eine kleine Bemerkung sicher nicht verkneifen können, aber der Inspektor war viel zu fein für so etwas, das würde gar nicht zu ihm passen.

Er kam am Antiquariat vorbei, an der schweren dunklen Haustür hing ein Schild: Antiquariat heute geschlossen. Paris kam ihm wieder in den Sinn, aber nur flüchtig. Er betrat die Buchhandlung. Die Wesende hielt sich an dem Tischchen fest, auf dem die Kasse stand, und versuchte trotz ihres offensichtlich nicht erfreulichen Zustands einen freundlichen Gruß. Der Kronprinz stand an der Stelle, wo sonst der Slawist auf seiner Leiter saß, diese hatte man für die Zeit seiner Abwesenheit fortgeschafft. Kirrmaier bedankte sich für den Hinweis auf das Gedichtbuch, der Kronprinz war erfreut. Auch der Dicke erschien. Höflich begrüßte er Kirrmaier, dann ging er die Treppe hinauf, denn der Chef hatte ihn rufen lassen. Der Slawist war also tatsächlich im Urlaub. Kirrmaier schaute sich ein wenig auf dem Tisch mit den Neuerscheinungen um, dann ging er wieder.

An die Arbeit! Die ganzen letzten Tage nichts getan. Er eilte zur Hauptstraße hinunter und diese entlang bis zum Klubhaus. Dort verspürte er mit einem Mal Hunger und Durst, die er beide ganz vergessen hatte, was bei ihm äußerst selten vorkam. Er ging hinein, kaufte sich einen Stapel Apfelschnitten und eine Schwedenmilch und begab sich auf die Terrasse hinaus, die stark bevölkert war. An einem Tischchen, an dem zwei Mädchen saßen, fand sich noch ein Platz, er setzte sich dazu. Das eine der beiden Mädchen bearbeitete mit einem ganzen Arsenal von Farbstiften schweigend und beharrlich ein Lehrbuch, das auf diese Weise Seite für Seite ein buntes Gewand bekam. Das andere sah verstohlen und offenbar angewidert zu, wie Kirrmaier einen Apfelkuchen nach dem andern in seinem Mund verschwinden ließ. Dann packten sie ihre Sachen zusammen und gingen grußlos fort.

Kirrmaier ließ seinen Blick über die Tische schweifen, während er seine Milch trank. Wer war Ulrike eigentlich? Was wußte er von ihr? Mehr als eine kurze Bekanntschaft? Er fand sie sympathisch, kam aber noch nicht richtig klar mit ihr: nicht selten wirkte sie abwesend, er hatte das Gefühl des Ausgeschlossenseins.

Ein Herr – seltsam: er hatte ihn sofort als einen Herrn empfunden, der sich zufällig hierher verirrt hatte, nicht als Studenten – trat an seinen Tisch und fragte, ob ein Platz frei sei. Sie kamen ins Gespräch, und bald plauderten sie in einer sehr angenehmen und offenen Weise miteinander über dieses und jenes. Der Unbekannte war literarisch interessiert, er kannte nicht wenig und ließ sich von Kirrmaier auf einige Autoren aufmerksam machen, die nicht in aller Munde waren. Dann ging das Gespräch auf Paris über, wo der Unbekannte gerade zu tun gehabt hatte, und nun war es Kirrmaier, der aufmerksam den Neuigkeiten lauschte, die der andere von dort mitbrachte. Schließlich sprachen sie noch ein wenig über die Stadt, über das Studentenleben, von dem die Leute ihre bestimmte und meist falsche Vorstellung hatten, und bevor sie sich trennten, verabredeten sie, sich am nächsten Tag um die Mittagszeit an gleicher Stelle, auf der Terrasse des Klubhauses, zu treffen.

Kirrmaier arbeitete zwei Stunden in der Bibliothek, machte eine Unterbrechung, um von seinem Konto Geld abheben zu gehen, und arbeitete weiter bis zur Schließung um neun Uhr. Als er an den Linden vor der Neuen Aula vorbeiging und den Blütenduft einsog, erblickte er vor sich eine bekannte Gestalt. Es war Ulrike, und sie war betörender denn je.

Balkan-Platte

“Aber wie siehst du denn aus!” rief sie, ohne, wie es schien, über sein Erscheinen verwundert zu sein.

“Du wirst mir doch nicht erzählen wollen, daß dich mein Aussehen überrascht?”

“Ich bitte dich, wie soll ich wissen, wo diese Pflaster in deinem Gesicht herkommen!”

Petrović war am nächsten. Sie bestellten Balkan-Platte, dazu einen Žilavka. Hier war der heitere, phantasievolle Knoblauch noch nicht vom vulgären Ketch-up verdrängt.

“Der Nebenausgang im “Hirsch” war während der Vorstellung von 18.15 bis 20.15 Uhr abgeschlossen. Erst knapp vor dem Ende des Films kam die Platzanweiserin und schloß auf. Wer vorher hinaus wollte, meine Liebe, der mußte durch dieselbe Tür, durch die er hereingekommen war – wie der Teufel, bekanntlich.”

Sie schwieg. “Hör zu”, sagte sie endlich flüsternd, und das Sprechen fiel ihr offenbar schwer. “Du mußt mir vertrauen. Ich bin einer Sache auf der Spur. . .”

“Erkläre mir, wie du aus dem Kino gekommen bist.”

“Genau so, wie ich es dir kürzlich gesagt habe. Du mußt bei deinen Nachforschungen eine falsche Auskunft bekommen haben. Der Nebenausgang war zu, aber nicht abgeschlossen, ich habe durch ihn den Saal verlassen, als mir schlecht wurde."

Kirrmaier war verwirrt. Er hatte aber noch einen anderen Trumpf in der Hand: "Und wem habe ich die Vorladung zur Polizei zu verdanken, dem Slawisten oder dir?"

"Ich weiß nicht, wovon du sprichst."

"Schade. Ich dachte, wir wären offen zueinander."

"Bitte rede!"

"Also: ich habe gesehen, wie der Slawist zur Polizei ging, und zwar mit deiner Billigung, womöglich auf deinen Wunsch oder Befehl. Nun?"

Ulrike schlug betrübt die Augen nieder. "Es ist anders, als du denkst", sagte sie. "Mehr kann ich im Augenblick nicht sagen, und schon gar nicht hier."

Kirrmaier gab auf: zu schwankend war der Grund, auf dem sich seine Vermutungen bewegten – und zu schön war das Mädchen!

"Verzeih!" Er ergriff ihre Hand, die auf dem Tisch lag. Sie blickte auf, ihre Augen leuchteten wieder.

"Es ist gut", sagte sie. "Aber – was wollte denn die Polizei von dir?"

"Das weiß ich selber nicht. Der Inspektor hat mir ein paar Fragen gestellt und mich dann freundlich entlassen."

"Was für Fragen?"

"Wo ich mich Dienstag zwischen sieben und acht Uhr abends aufgehalten habe, also während der zweiten Hälfte der Vorstellung. Dann zeigte er mir das Foto des Toten und fragte, ob ich ihn kenne. Auch, ob ich dich kennen würde."

"Und was hast du gesagt?"

"Die Wahrheit."

Das Essen kam, sie bestellten noch einen Žilavka.

“Magst du mich eigentlich nicht mehr?” Sie schaute ihn traurig an.

“Aber Ulrike! Natürlich mag ich dich.” Kirrmaier war ganz erschrocken. “Es kam mir nur alles so spanisch vor. Und als dann auch noch der kleine Dicke –”

“Wer ist das denn?”

“Im Buchladen, der kleine kräftige Angestellte mit der öligen Stirnlocke.”

“Ach so. Und was ist mit ihm?”

“Du kennst ihn doch ganz gut, oder?”

“Ganz gut? Wie meinst du das?”

“Nun, so gut, daß er vor ein paar Tagen im Buchladen einen Zettel von dir bekam, den er sofort in der Tasche seines Hemds verschwinden ließ. Und so gut, daß er dich gestern Abend besucht hat.”

“Ist das alles? Ich kann dir beides mit zwei Sätzen erklären: auf dem Zettel stand eine Notiz für den Slawisten, den Russisch-Unterricht betreffend, den ich bei ihm nehme; und der Angestellte, den Du als klein und dick bezeichnest, hat mich nicht besucht, ich wohne zufällig im selben Haus wie er. Nein, ich muß mich korrigieren. Ein richtiger Zufall ist es nicht: er hat mir das Zimmer vermittelt, als ich hier ankam und in der Buchhandlung fragte, ob sie nicht ein Zimmer für mich wüßten.”

Kirrmaier war erleichtert. Die Verdachtsmomente waren beseitigt, er konnte Ulrike wieder in die Augen sehen, ohne sich für sie schämen zu müssen. Zwar hatte er irgendwann beim dritten Glas das Gefühl, daß sie ihm eigentlich gar keine richtigen Erklärungen gegeben hatte oder daß jede ihrer Erklärungen im Grunde genommen nur Behauptungen waren. Aber solche Bedenken waren mit dem nächsten Schluck schon weggespült, und als sie mit ihrer Balkan-Platte fertig waren, setzten sie sich nebeneinander – für alle Gäste im Restaurant der animierende Anblick eines glücklichen jungen Paares.

“Guguu-guck”, flüsterte sie ihm ins Ohr.

“Guguu-guck”, antwortete er lächelnd und drückte ihre Hand.

Und unter vielen Küssen machten sie sich auf den Heimweg zu ihm, und nach ebenso vielen Umarmungen schliefen sie ein. Der Schatten aber, der ihnen gefolgt war, schlief nicht. Er zog sein Notizbuch und trug etwas ein, dann ging er seiner Wege. Unter den bleiernden Dachrinnen schliefen die Tauben, bleiern auch sie, kopflose Körper, Ausgeburten böser Träume.

Der Zettel

“Bleib noch ein bißchen liegen, ich kaufe schnell was fürs Frühstück.” Kirrmaier sprang aus dem Bett, zog sich an und stürzte davon. In weniger als zwanzig Minuten war er wieder zurück, und auf dem Tisch erschien Weißbrot, Käse, Tomaten, Milch und Apfelsinen, sein Schweizer Messer und eine Gabel, die sich fand, dienten als Besteck. Nach dem genußvoll ausgedehnten Mahl wollten sie das Zimmer verlassen, doch als Kirrmaier Ulrike zur Tür folgte, sah er ihre Nackenhaare, erblickte vor sich ihre Schultern und Hüften, und er umfaßte sie. Und wie rücksichtslos auch die Uhren schlugen und die Tauben gurrten und zeternd zwischen den Schluchten der Dächer hin und her flogen – sie waren nicht imstande, zwei Körper bei der Erfüllung ihrer höchsten und schönsten Bestimmung zu stören.

Etwas wie Abschied lag in der Art, wie sie schließlich das Zimmer verließen, wie sie schweigend die Treppen hinuntergingen. Als sie aus dem Hause traten, kam ihnen der Austräger des Buchladens entgegen, eine riesige Gestalt mit einem Hut auf dem klein wirkenden Kopf. In beiden Händen trug er schwer zum Boden herabziehende, mit Riemen verschlossene Taschen voller Bücher. Kirrmaier hatte ein gutes Verhältnis zu ihm. Der Zufall wollte es, daß er einmal in einer Wirtschaft neben ihm beim Bier saß, und da stellte es sich heraus, daß der Austräger ein begeisterter Leser war. Er bat Kirrmaier, ihm einige gute Bücher zu nennen, nichts Schwieriges, nur gut erzählte Geschichten, das brauche er. Ein russischer Erzähler hatte ihm gut gefallen, er wünschte sich noch mehr in dieser Art. Er hatte ein großes Redebedürfnis, wahrscheinlich lebte er völlig vereinsamt. Auch jetzt noch gab Kirrmaier ihm immer wieder einen Zettel mit zwei, drei Titeln und freute sich, wenn er das Richtige getroffen hatte. Der Mann schien keine höhere Bildung zu haben, er wirkte verschreckt, sprach sehr hastig und undeutlich und wiederholte häufig einen Satz, als wolle er sich vergewissern, ob er ihn richtig konstruiert hatte.

Ohne seine Taschen abzusetzen, ging der Austräger, nach einem kurzen verlegenen Blick auf Ulrike, auf Kirrmaier zu und sagte etwas in seiner schwer verständlichen Redeweise. Das Wort ‘geben’ hob sich aus dem Schwall hervor, aber Kirrmaier mußte ihn bitten, zu wiederholen, was er gesagt hatte. Doch da winkte er ab, murmelte etwas von später und zog weiter mit seiner Last.

“Was war denn das für eine unheimliche Erscheinung?”

“Das ist der Bote des Buchladens. Er trägt bestellte Bücher aus, die zugestellt werden müssen, und wird für diese schwere Arbeit mit einem Hungerlohn abgespeist, er hat es mir einmal kurz vor Weihnachten erzählt.”

“Und was wollte er von dir? Ich habe kein Wort verstanden.”

“Ich bin aus seinem Gemurmel auch nicht schlau geworden. Ich nenne ihm manchmal den Titel eines Buches, das ihm gefallen könnte. Vielleicht braucht er wieder Lesestoff.”

Sie gingen zum Botanischen Garten.

“Er muß doch schon recht alt sein?” fragte Ulrike.

“Der Bote? Ja, aber er ist ein großer Wanderer. Früher hat er außerhalb gewohnt, und da ist er immer in der Mittagszeit von der Stadt in sein Dorf hinausgewandert. Essen konnte er dort nicht, denn er mußte ja sofort wieder zurück zur Arbeit. Deshalb hat er sich immer nur Wurstbrote gemacht und sie unterwegs im Gehen gegessen. Er war in einem Wanderverein und bewältigt heute noch große Strecken. Das ist alles, was ich von ihm weiß – eine Schande, wenn man’s bedenkt.”

“Ich glaube, ich bin ihm schon begegnet.”

“Man sieht ihn häufig, er gehört fast zum Stadtbild.”

“Ich meine, bei mir draußen im Dorf.”

“Ja, wie gesagt: er wandert auch heute noch gern.”

“Mir kommt es so vor, als ob ich ihn in der letzten Zeit schon zwei Mal in der Nähe meines Hauses gesehen hätte. Kürzlich machte ich das Fenster auf, weil ich einen Schatten wahrgenommen hatte, und eine große Gestalt lief zum Wald hinauf.”

“Weißt du noch, wann das war?”

“Ganz vor kurzem erst, aber genau erinnere ich mich nicht.”

Sie blieben in einer Ecke des Gartens stehen, Ulrike wurde von einem Studenten, offenbar einem Studienkollegen, angesprochen, und so konnten sie sich nicht einmal mehr richtig voneinander verabschieden. Sie nickte ihm zu, dann setzte sie ihren Weg mit dem anderen fort.

Kirrmaier ging zur alten Universitäts-Bibliothek hinüber. Wie wäre es heute mit Musik? dachte er. Aber sein Gewissen machte nicht mit, und so stellte er sich vor, wie schön es gewesen wäre, “Une barque sur l’océan” zu hören oder die "Gymnopédies", und ging unterdessen an den Kopiergeräten mit den zum Kopieren Verdammten vorbei und bog in den langen Korridor ein, der zum neuen Gebäude führte. Er befand sich auf der Fensterseite und schaute auf die Kastanienbäume hinaus. Unten auf dem Weg stand der Austräger. Er sah sich unruhig nach allen Seiten um, er schien jemanden zu suchen. Jetzt wandte er seinen Blick nach oben zu den Fenstern. Er erkannte Kirrmaier und machte ihm Zeichen, undeutliche zwar, aber daß sie ihm galten, war klar. Kirrmaier eilte die beiden Treppen der neuen Bibliothek hinunter und stand gleich darauf vor dem Wartenden.

"Ich muß Ihnen etwas geben", sagte dieser, und seine Aussprache war verhältnismäßig deutlich. Er zog einen Geldbeutel aus der Brusttasche seiner alten Jacke, öffnete ihn, entnahm ihm einen Zettel und reichte ihn Kirrmaier. Vielleicht will zur Abwechslung einmal er mir ein Buch empfehlen, wer weiß, dachte er. Der Zettel, den er in der Hand hielt, war zwar geglättet, mußte aber davor ganz zusammengeknüllt gewesen sein.

"Ich habe gesehen, wie er ihn in den Papierkorp geworfen hat, da dachte ich. . ."

"Wer: er?" unterbrach ihn Kirrmaier.

"Der kleine, der bißchen dicke Angestellte, es ist schon ein paar Tage her. Er hat den Zettel aus seiner Hemdtasche genommen, ihn zu einem Kügelchen zusammengerollt und in den Papierkorb oben neben der Tür geworfen. Die Tür stand auf, ich steckte im Packraum gerade die Bücher in meine Taschen, wie immer, da habe ich es beobachtet. . ."

Kirrmaier hörte nicht mehr zu. Er las, was auf dem Zettel stand, las es noch einmal, dann dankte er dem Boten und lief zu den beiden Telefon-Zellen vor dem Klubhaus. Eine war frei. Aber als er Geld einwerfen wollte, fand er keinen Zehner. Rasch verließ er die Zelle und ging ins Klubhaus hinein, um zu wechseln. An der Theke stand eine Schlange, er mußte warten. Als er an der Reihe war und seine Zehner bekam, hörte er in seinem Rükken eine Stimme, die ihn mit einem freundlichen 'Hallo!' begrüßte. Er drehte sich um – es war der Slawist.

"Sie luden mich neulich zu einer Wanderung ein, erinnern Sie sich? Wenn wir dieses meine Beine ganz fürchterlich erschreckende Wort durch das weit angenehmere und vielleicht noch mit dem Attribut 'klein' zu versehende Wort 'Spaziergang' ersetzen können, und vorausgesetzt, Sie haben Zeit, so wäre ich bereit."

"Wenn wir gegen halb eins, eins zurück sind, ich habe eine Verabredung."

So lange würden sie kaum brauchen, beruhigte ihn der Slawist, und sie machten sich auf den Weg. Der Venenkranke schlug ein Tempo an, daß Kirrmaier sich sputen mußte.

"Wenn schon, dann schnell", erklärte der andere, "langsames Gehen ist Gift für die Beine, das ist fast so schlimm wie Stehen."

Als sie den Berg mit dem Turm erreicht hatten, der die Stadt überragte, setzten sie sich auf eine Bank und blickten auf die Stadt hinab. Kirrmaier war völlig außer Atem, der Slawist atmete ruhig.

"Waren Sie schon einmal auf dem Turm?" fragte er. Kirrmaier verneinte, zeigte aber auch keine Lust, ihn zu besteigen.

"Schade", sagte der Slawist. "Wenn es Ihnen nichts ausmacht, kurz zu warten, sehe ich ihn mir mal an", und schon war er fort. Bald darauf stand er auf der Aussichts-Plattform und winkte herunter. 'Sehe ich ihn mir mal an' – zu welchem Zweck wohl? fragte sich Kirrmaier, klingt irgendwie seltsam. Während der Slawist wieder herabstieg, zog Kirrmaier den Zettel, den er vom Boten bekommen hatte, aus der Tasche und las ihn noch einmal.

Der andere kam nun mit raschen Schritten auf die Bank zu, und sie machten sich auf den Rückweg.

"Was halten Sie eigentlich von Ihrem Austräger?" fragte Kirrmaier, während sie durch die Wiesen jagten. Unten brütete die Stadt in der Mittagshitze.

"Wenn Sie mich so direkt fragen: er ist mir nicht ganz geheuer. Ich kann im Augenblick nicht sagen, warum ich diesen Eindruck habe... Ich glaube, man muß sich bei ihm auf unvorhersehbare Handlungen einstellen. Aber das ist nur so eine Vermutung."

Kleingärten, Häuser, der Schlachthof. Ihm gegenüber hätte Kirrmaier zu Beginn seines Studiums ein Zimmer haben können. Zu seinem Glück kam er an einem Sonntag-Abend zur Besichtigung: als er das Vieh brüllen hörte, wußte er Bescheid.

"Werden Sie auch mal etwas Längeres schreiben?" fragte er den Slawisten. "Damit Sie mich nicht mißverstehen: ich liebe kurze Prosa, besonders witzig Geschriebenes", fügte er hinzu.

"In der letzten Zeit schreibe ich gar nichts. Der Laden, und dann all die Dinge, die einen ablenken... Für etwas Langes brauche ich außerdem mehr Erfahrung, Welt-Erfahrung meine ich, Milieu-Kenntnisse und so weiter."

"Ich könnte mir denken, daß der Laden da einiges hergibt?"

"Vielleicht. Noch beobachte ich nur, mache mir Notizen."

Sie trennten sich, Kirrmaier ging, als der Slawist ihn nicht mehr sehen konnte, zur Telefon-Zelle.

“Kirrmaier. Ich hätte gern Herrn Inspektor Wegener gesprochen.”

“Ist es etwas Wichtiges?”

“Ich denke schon, aber ich kann es schlecht beurteilen.”

“Einen Moment!’ Er wurde verbunden.

“Wegener.” Kirrmaier erkannte die sympathische Stimme wieder.

“Kirrmaier. Ich möchte Ihnen etwas mitteilen.”

“Ja bitte, ich höre.”

Kirrmaier erzählte dem Inspektor die Geschichte des Zettels, und der hörte geduldig zu.

“Und was steht auf dem Zettel?”

“Es steht nur ein Satz darauf: Schützen Sie mich vor dem Slawisten! – mit Ausrufezeichen.”

“Herr Kirrmaier, das kann eine wertvolle Information sein, ich danke Ihnen. Übrigens, gut daß Sie anrufen, ich wollte Sie noch etwas fragen: haben Sie an dem bewußten Abend in der wartenden Menge vor dem Kino “Hirsch” vielleicht Fräulein Feyerabend gesehen?”

“Mir schien es für einen Augenblick so, aber beschwören kann ich es nicht.”

Wegener bedankte sich noch einmal und legte auf. Verwirrt von der Frage blieb Kirrmaier im Telefon-Häuschen zurück: es war ihm nicht klar, ob es besser für Ulrike war, wenn er sagte, er habe sie gesehen, oder wenn er sagte, er habe sie nicht gesehen.

Es war kurz vor eins, er kaufte sich ein paar Gewürzkuchen und eine Schwedenmilch. Als er auf die Terrasse trat, winkte ihm sein neuer Bekannter von einem Tischchen im Schatten fröhlich zu.

Wiedersehen und Abschied

Kirrmaier setzte grüßend seinen Teller ab, nahm Platz und schnitt mit seinem Messer die Milchpackung auf.

“Diese Hitze macht einen ganz entschlußlos”, sagte der Unbekannte. “Es wäre besser, ich würde heute abend weiterfahren, aber es ist, als ob man totmüde in einem tiefen Sessel sitzt und einfach nicht hochkommt.”

“Sie sind wenigstens hier im Schatten gesessen, während ich soeben von einem Eilmarsch zurückkehre.”

“Von wem haben Sie sich denn dazu bringen lassen? Das muß ja ein Meister der Überredungskunst sein.”

“Von einem Angestellten eines Buchladens. Dort hinauf hat er mich gehetzt.” Kirrmaier wies, ohne sich umzudrehen, mit dem Daumen hinter sich auf den Berg. “Zum Aussichtsturm wollte er mich auch noch hinaufschleppen, aber da habe ich gestreikt.”

“Ein kleiner Spaziergang mit einem hübschen Mädchen unter einem Sonnenschirm wäre da schon eher zu bewältigen”, meinte der andere.

“Ganz gewiß.” Kirrmaier erinnerte sich mit Vergnügen an die mit Ulrike verbrachte Nacht und an den langen Morgen mit dem guten Frühstück. Und dann mußte er daran denken, wie rätselhaft sie ihm noch immer war.

“Übrigens: ich habe mich noch gar nicht vorgestellt, mein Name ist Pohlmann, Horst Pohlmann.”

“Hans Kirrmaier.”

“Ich arbeite als Vertreter für elektronische Anlagen, da muß man viel reisen. Ach ja –” Pohlmann lehnte sich zurück – “aus meinem Studium ist nichts geworden. Wenn man Archäologie studieren will, braucht man viel Geld. Ironie des Schicksals: damals hätte ich Geld haben sollen, um die notwendigen Reisen machen zu können; heute habe ich das Geld und reise fast ununterbrochen, nur nicht nach Asien oder in den Orient, wo ich früher immer hinwollte, und wenn ich mal nach Italien oder Griechenland komme, dann nicht der Antike wegen.”

“Ja, wenn man diese verkehrte Welt aushalten will, muß man sich immer wieder selber auf den Kopf stellen. Man müßte absurd leben, um die Absurdität, die uns umgibt, zu durchbrechen.” Sie schwiegen und schauten dem Kommen und Gehen der Studenten zu.

“In dieser kleinen Stadt lernt man sicher viele Menschen kennen?” meinte Pohlmann.

Kirrmaier lachte auf. “Vom Sehen, vom jahrelangen Aneinander-Vorbeigehen, kenne ich in der Tat unzählige Menschen. Wenn Sie wüßten, wie allein die meisten hier leben! Allein, nun ja”, unterbrach sich Kirrmaier, “wir sind alle allein, mit dieser Plattitüde kann man nicht hausieren gehen. Es gab Menschen, die mußten einem ganz anderen Alleinsein ins Auge sehen: Edgar Poe auf eine Schubkarre verladen, Verlaine in der Hand von Quacksalbern, Nerval und Artaud vor den Herren Psychiatern, Hesse in den Fängen des Teufelsaustreibers Blumhardt jr. Auch hier gibt es berühmte Beispiele, wie Sie wissen. Wenn man von außen einen flüchtigen Blick auf diese Stadt wirft, die nicht müde wird, sich permanent selbst zu feiern, dann macht das Ganze einen idyllischen Eindruck, das mag schon sein. Man glaubt ja allgemein, Studenten seien besonders aufgeschlossen und kommunikationsfreudig, wie man modern sagt, Interaktion und wie die schönen Worte alle heißen. Weit gefehlt! Kühl und ängstlich sind sie, zumindest verhalten sie sich häufig so. Sie haben ja einige Zeit unter ihnen zugebracht, sagen Sie selbst: sind Studenten etwa besondere Menschen? Sind sie natürlicher, offener, vorurteilsloser als andere? Können Sie sich rascher für etwas begeistern als andere Leute?"

Pohlmann winkte ab. "Nein, das kann ich wirklich nicht behaupten. Man muß auch da lange suchen, bis man jemanden findet. . ."

"Na also. Wenn Sie wüßten, wie öde mein Leben hier war. Erst in der letzten, der allerletzten Zeit habe ich ein paar sympathische Menschen kennengelernt. . . Das Schicksal" – Kirrmaier zögerte ein wenig – "hat mir sogar ein hübsches Mädchen beschert."

"Ich gratuliere!"

"Nun ja, aber auch da gibt es einen Haken. Ich weiß nicht recht, wie es weitergehen soll. Sie ist in irgendwelche Schwierigkeiten verstrickt. . . Sie hat etwas Schlimmes erlebt. Ein Begleiter, mit dem sie zusammen war, ein Freund, nehme ich an, ist vor ein paar Tagen ermordet worden."

"Ermordet? Hier, in diesem harmlosen Städtchen?"

"Ja, im Kino. Vielleicht sogar neben ihr, ohne daß sie es merkte."

"Und wie geschah der Mord?"

"Das weiß ich nicht."

"Hat das Mädchen es Ihnen denn nicht gesagt? Sie mußte den Toten doch sicher identifizieren, wenn sie mit ihm zusammen gewesen ist. Oder hat sie das der Polizei nicht gesagt?"

"Daran habe ich noch gar nicht gedacht", gab Kirrmaier kleinlaut zu.

"Und in der Zeitung wurde nichts berichtet?"

"Es heißt, weder eine Schuß- noch eine Stichwaffe sei verwendet worden."

"Dann kommt eigentlich nur noch Gift infrage. Erwürgt wird man ihn im Kino ja nicht haben?"

"Wohl kaum."

"Und über das Motiv kann man auch nur Vermutungen anstellen?"

"Ja, mehr nicht."

"Und wie weit ist die Polizei mit ihren Ermittlungen?"

"Ich habe nichts gehört. Man hat übrigens auch mir ein paar Fragen gestellt. Der Inspektor war sehr sympathisch."

"Ihnen?"

"Nun ja, ich habe die beiden ungefähr zwei Stunden vor der Tatzeit ganz kurz zusammen gesehen. Aber das nützt ja nichts. Wenn noch ein Dritter dabeigewesen wäre, wenn es einen Wortwechsel gegeben hätte, irgend etwas dergleichen. Aber so..."

"Ja, das ist wirklich wenig."

"Der Mörder kann ja auch ein Wahnsinniger sein, der sich im dunklen Kino ein Opfer aussucht und es auf irgendeine raffinierte Weise umbringt."

"Mit dem berühmten Eiszapfen vielleicht?"

Kirrmaier sah ihn erstaunt an.

"Sie kennen den Fall nicht? Die Zeitungen berichteten davon. In Afrika hat jemand von einer Kühlanlage einen scharfen Eiszapfen genommen und damit einen anderen erstochen. Der Eiszapfen schmolz sofort – die

Tatwaffe fehlte. Die Aufklärung des Falles hat lange gedauert, nur ein Zufall brachte die Sache ans Licht."

"Das klingt ja wie in einem Roman, wie in einem Grusel-Krimi, wo ständig die ausgefallensten Dinge passieren."

"Ist aber Realität."

Sie saßen noch ein bißchen und plauderten, dann machten sie sich zur Stadtmitte auf. Pohlmann hatte den Wunsch geäußert, noch einen kleinen Stadtbummel zu machen, morgen würde er ganz früh abreisen. Vorher mußte er noch telefonieren, Kirrmaier kaufte sich unterdessen beim Kiosk eine französische Zeitung.

Er zeigte seinem Begleiter die Buchhandlung, sie gingen aber nicht hinein. "Sie sieht alt aus", sagte er, "ist aber erst vor fünfzehn oder zwanzig Jahren gegründet worden. Vorher war es ein Speiserestaurant. Ausgezeichnete Verkäufer, wirkliche Könner, wie es sie in den Buchhandlungen bald nicht mehr geben wird."

"Und hier, rechts, das scheint wohl ein Antiquaritat zu sein? Man erkennt den Eingang nicht richtig, aber in dem kleinen Schaukasten dort stehen ein paar alte Bücher und schmoren in der Sonne. Zu einer Markise reicht wohl das Geld nicht."

"Ja, das ist das Antiquariat, ich kenne es gut. Schade, daß Sie den Angestellten nicht mehr kennenlernen können, sein misanthropischer Witz ist hörenswert."

"Wieso 'nicht mehr'? Ist denn etwas mit ihm passiert?"

"Nein, nein, das nicht, er ist nur für ein paar Tage nach Paris gefahren."

Sie blickten zur Kirche hinauf. Der Haupteingang war offen, an der Wand hing ein großes Blechschild mit der Aufschrift: Turm heute geöffnet.

“Nachdem wir uns erst vorher über Ihren Hitze-Marsch unterhalten haben, klingt es ja merkwürdig, aber ich würde gerne einmal vom Kirchturm aus einen Blick auf die Stadt und ihre Umgebung werfen. Schaffen wir das trotz der Hitze noch?”

Kirrmaier war einverstanden. “Sie scheinen aber sportlich ganz schön durchtrainiert zu sein!” rief er auf halber Strecke dem vorauseilenden Pohlmann hinterher. Ja, der liederliche Lebenswandel in den letzten Tagen, murmelte er vor sich hin.

Pohlmann wartete, bis Kirrmaier ihn erreicht hatte, dann stieg er langsamer weiter. Endlich hatten sie’s geschafft. Keuchend und schweißnaß trat Kirrmaier an die Brüstung. Pohlmann stand neben ihm und genoß den Ausblick.

“Dort, in dieser Richtung, steht das Haus, wo ich wohne”, sagte Kirrmaier.

“Das Haus mit der Dachterrasse, auf der Wäsche hängt?”

“Nein, gegenüber. Die Umgebung der Stadt ist übrigens reizvoll. Sie können, ganz nach Wunsch, in der kürzesten Zeit auf einer weiten Hochfläche, in einem ausgedehnten Waldgebiet oder auf einem niedrigen Gebirgszug sein. Und der Schwarzwald ist auch nicht allzu weit. Dort habe ich meine zweite Kindheit verbracht, genau genommen meine dritte, wenn man die erste bei Berlin dazuzählt.” Und Kirrmaier erzählte seinem Begleiter, der noch niemals im Schwarzwald war, von den herrlichen Wäldern, in denen er als Junge gespielt hatte.

Sie gingen ein paar Mal um die Aussichts-Plattform herum, dann begannen sie wieder die Stufen hinabzusteigen.

“Ja, dann verabschiede ich mich.” Pohlmann streckte die Hand aus. “Ich muß noch eine Firma besuchen, und mein Zug geht morgen sehr früh.”

“Wenn Sie mal wieder in der Gegend sind, klingeln Sie bei mir, die Adresse schreibe ich Ihnen auf.” Kirrmaier griff in die Tasche – der Zettel mit Ulrikes Hilferuf kam ihm in die Finger. Rasch steckte er ihn weg. Schließlich fand er einen Fetzen Papier.

Sie verabschiedeten sich, es war viertel fünf. Kirrmaier ging zum “Hirsch” hinab, kaufte sich eine Karte für die erste Vorstellung, und beim Hineingehen in den schon dunklen Saal stellte er der Platzanweiserin noch einmal seine Frage. Der Nebeneingang werde während einer Vorstellung niemals abgeschlossen, bekam er zu hören, er sei lediglich zu, man müsse nur die Öffnung richtig betätigen. Offenbar dachte sie, Kirrmaier wolle sich beklagen.

Um sechs Uhr verließ er das Kino durch eben diese Seitentür, obwohl der Film noch nicht zuende war, und ging zum Bahnhof. Er kaufte sich eine Fahrkarte für den übernächsten Ort an der südlichen Bahnlinie. Kurz danach kam Ulrike, an ihrer Seite der kleine Dicke. Sie gingen in die Unterführung, Kirrmaier folgte ihnen. Im Zug behielt er die beiden im Auge und beobachtete ihre Bewegungen, soweit es möglich war – keinerlei Anzeichen von Vertrautheit. Sie saßen einander gegenüber und unterhielten sich, wie sich zwei Kollegen unterhalten, die von der Arbeit nach Hause fahren. Kirrmaier sah ihnen nach, wie sie in ihr Dorf gingen, dann setzte er sich auf die Bank vor dem Bahnhof und wartete auf den Gegenzug.

Um ihn stand der Raum, die Falle der Zeit, die unerschöpflich ist in ihren Illusionen.

Zu heiß!

“Ich muß Ihnen etwas gestehen”, sagte der Slawist, als sie von Ella ihr Bier in der gewohnten Geschwindigkeit bekommen hatten.

Kirrmaier sah ihn erschrocken an: eine Lebensgeschichte, unvermittelt, zwischen zwei Bieren? Er hatte ihn unterwegs, als er vom Bahnhof kam, auf der Brücke getroffen und sich zu einem Bier einladen lassen. Jetzt saßen sie im leeren Nebenzimmer der “Stadtpost”.

“Auf unserem kleinen Spaziergang vor dem Mittagessen konnte ich mich nicht dazu durchringen. Aber – Sie wissen wohl schon, wovon ich rede?” Er sah Kirrmaier forschend an, doch der versicherte, keine Ahnung zu haben. Vom Zettel kann er ja nichts wissen, dachte Kirrmaier bei sich.

“Hat Ihnen Fräulein Feyerabend nichts gesagt?”

“Ich weiß wirklich nicht, um was es geht”, beteuerte Kirrmaier. Allmählich wurde ihm der Slawist lästig. Wie eine Klette hing er an ihm, überredete ihn zu einem Spaziergang, lud ihn zum Bier ein, und jetzt noch diese Ankündigung eines Geständnisses. Widerlich! Hoffentlich würde es nicht in eine stundenlange Beichte ausarten. Würde er ihm jetzt sein Verhältnis zu Ulrike schildern, zugeben, daß er ihn bei der Polizei in Verdacht gebracht hatte oder etwas in dieser Art?

Der Slawist streckte seinen Kopf vor, Kirrmaier mußte den seinen zurückziehen, wenn er nicht den Schnurrbart des anderen im Gesicht haben wollte.

"Liebe macht blind", murmelte der Slawist, "aber jetzt ist ja alles vorbei, aus und vorbei!" Er machte ein unglückliches Gesicht, man wußte nicht, ob es echt oder gespielt war.

Kirrmaier wurde ungeduldig, er spürte, wie Zorn in ihm aufstieg. "Sagen Sie doch um Himmels Willen, was Sie zu sagen haben!" stieß er zwischen den Zähnen hervor.

"Ich hoffe, Sie werden mich nicht anzeigen!" flehte der Slawist.

"Wenn Sie jemanden umgebracht haben, bin ich dazu gezwungen."

"Umgebracht? Wie kommen Sie denn darauf?"

"Nur so, eine Redensart."

"Also: ich war es, der –"

Ella brachte zwei Mal Hering mit Salzkartoffeln und wünschte einen guten Appetit.

–"ich war es, der Sie von der Mauer gestoßen hat."

"Sie?"

'Ja, es geschah in einem Anfall von Eifersucht. Ich war selber schockiert." Er umklammerte sein Glas, daß man befürchten mußte, es würde im nächsten Augenblick zerbrechen. "Hat es Ihnen Fräulein Feyerabend dennn nicht erzählt?"

Kirrmaier verneinte. Der Slawist atmete auf.

"Ich mußte es endlich loswerden", sagte er und lehnte sich zurück. Kirrmaier schnitt sich ein saftiges Stück Hering ab und tunkte es in die weiße Soße. Der Hering war rasch gegessen, er bestellte einen zweiten.

“Wollten Sie mir nicht noch etwas sagen?” fragte er und sah dem Slawisten in die Augen.

Der wich seinem Blick aus. “Ich weiß nicht, was Sie meinen.”

“Wenn ich Sie daran erinnern darf: Sie hatten sich mit Fräulein Feyerabend in der Kirche getroffen und gingen dann, während Ihre Begleiterin in der Eingangstür stehenblieb und Ihnen nachsah, zur Polizei hinauf. Bevor Sie eintraten, blickten Sie sich noch einmal nach ihr um. Kommen Sie jetzt nicht mit der Ausrede, Sie seien ins Sprachlabor gegangen, dort habe ich nämlich gleich darauf nachgesehen. Nun, auf wen haben Sie bei der Polizei einen Verdacht zu lenken versucht?”

Der Slawist war bei Kirrmaiers Worten sichtlich in sich zusammengesunken. Er fuhr sich mit der Hand über die Stirn und stöhnte. “Ich hatte da so eine Vermutung”, stieß er hervor, “und Ulrike – Fräulein Feyerabend – hatte eine solche Angst, da bin ich schließlich zur Polizei gegangen und habe meinen Verdacht ausgesprochen. . .”

“Gegen wen? Gegen Ihren Kollegen mit der Schmachtlocke?”

“Nein, nein, der ist zu so etwas nicht fähig.”

“Was meinen Sie mit ‘so etwas’ – den Mord?”

“Nun ja. Der ist doch noch nicht geklärt, oder?”

Kirrmaier sah ihn scharf an. “Das müßten Sie doch besser wissen als ich.”

“Ich? Wieso?”

“Sie haben meine Frage noch nicht beantwortet: wen haben Sie bei der Polizei in Verdacht bringen wollen?”

Der Slawist zögerte. “Den Austräger in unserem Geschäft”, sagte er leise. “Es ist nicht so abwegig, wie Sie denken mögen”, fügte er hinzu. “Fräulein Feyerabend hat ihn zwei Mal um ihr Haus schleichen sehen.”

“So so”, machte Kirrmaier und trank sein zweites Bier aus. In seinem Kopf bildete sich eine Idee heraus, sie war so widersprüchlich, daß sie wahr sein konnte. Doch sie existierte mehr in seinem Unterbewußten als in seinem Bewußtsein und war so vage wie der Eindruck, den er von seinem Gegenüber hatte.

“Na und? Hat man ihn schon überführt?” fragte er.

Der Slawist schwieg betreten, und das war eine deutliche Antwort. Er hatte die Hälfte seines Herings gegessen, den Rest ließ er stehen. Ella sah ihn, bevor sie abtrug, fragend an. “Zu heiß”, sagte er.

“Die Kartoffeln? Die stehn doch schon eine ganze Weile!”

“Nein, es ist so heiß, da hat man keinen rechten Appetit.”

Kirrmaier bestellte ein Schinken-Omelette und ein neues Bier. Ella lächelte. Der Slawist verabschiedete sich. Der Schaum auf seinem zweiten, nicht getrunkenen Bier wurde wie Putzwolle, es wurde schal und zog sich zusammen. Ella trug es fort.

Besuch in einem unaufgeräumten Zimmer

Eine Karte aus Paris! Place des Vosges – Vogesenplatz, früher "Place Royale", der schönste Platz von Paris, heute weit weg von den Zentren der Hauptstadt. Mit Würde altern – dieser Platz hatte es vermocht. Was aber stand auf der Rückseite? Was würde sie ihm schreiben: einen Gruß? einen lieben Gruß? Oder – er erzitterte – würde ihm hohnlächelnd ein ganz anderer Satz entgegenblicken: "Als Verlobte grüßen..."? Er las: Der Käsekuchen in der Rue des Rosiers war wirklich ausgezeichnet! Ich habe ihn auf der Place des Vosges, die ich natürlich gleich aufgesucht habe, mit höchstem Genuß verspeist und hätte Dir gern etwas abgegeben. Bald mehr. Dorothea.

Kirrmaier drehte die Karte wieder um. Auf einem dieser eisernen Stühle unter dem Baum ist sie vielleicht gesessen. Ja, die guten Kuchen bei Goldenberg, im Ghetto des Marais, seine Käse- und Mohnkuchen, seine Apfelstrudel, sein Hefegebäck und das feine helle Chalwá. Und an der Theke zwischen Laden und Restaurant die russischen Sakuskas, allerlei Gebackenes und Gebratenes wie Piroggen, Kulebjaka und andere zungenbrecherische Spezialitäten samt den dazugehörigen Getränken. Nur Dummköpfe sind keine Feinschmecker. Fehlender Geschmack ist so schlimm wie die Unfähigkeit, die Qualität eines Buches oder eines Kunstwerks zu erkennen. Man ist Gourmet, wie man Künstler, wie man Dichter ist. Der Gourmet ist ein guter Mensch, er ist keiner Bosheit fähig, er denkt während des Mahles nicht an seinen lieben Nächsten – also wird er ihm auch nicht schaden, und nach der Mahlzeit schließt die Befriedigung einfach jeden Gedanken und jede Handlung aus, die andere kränken könnten. Alle Menschen zu Feinschmeckern machen – wie unbrauchbar sie wären für Kriege und sonstige Gewalttaten. "Das Gewehr in die Hand nehmen? Ich? Jetzt? Nach dieser Forelle? Nein danke!"

"Süß muß ein Gedicht auch im Munde sein" – das wird ein Gourmet eher begreifen als die schmallippigen Literatur-Professoren, die die Maßstäbe von vorgestern auf die Dichtung von heute anwenden.

In seine Überlegungen vertieft, stand Kirrmaier immer noch bei den Briefkästen im Innern des Hauses und drückte dazwischen den Minutenschalter der Treppenbeleuchtung. Jetzt zog er den langen klobigen Schlüssel aus der Tasche und schloß die Haustür auf. Es war außerordentlich lästig, dieses große Stück Eisen ständig mit sich herumzuschleppen, ließ sich aber nicht ändern. Es wäre eine prima Verteidigungswaffe, hatte der Hauswirt scherzhaft gemeint, als er ihm das Monstrum aushändigte. Ja, ein gut gezielter Schlag konnte sicher einiges bewirken.

Er las noch einmal, was Dorothea ihm geschrieben hatte. Und er begriff, daß ihr zufälliges Sichbegegnen alles andere als zufällig war. Das Seminar, die Tür der Mensa, die Stühle auf dem Platz im fernen Paris, die Postkarte. . . Der Eingang verdunkelte sich, er blickte auf – vor ihm stand der Inspektor.

“Ich darf hereintreten?” Er zog die Tür hinter sich zu. “Ich sehe mich gezwungen, Ihr Zimmer zu durchsuchen, Herr Kirrmaier”, sagte er leise und mit sorgenvollem Gesichtsausdruck. “Können wir hinaufgehen?”

“Aber selbstverständlich. Ich verstehe nur nicht. . .”

Sie gingen die Treppe hinauf.

“Hier ist übrigens der Durchsuchungsbefehl, damit Sie sehen, daß die Sache ihre Ordnung hat.” Inspektor Wegener wandte sich zu Kirrmaier um und zog ein Papier aus der Tasche. In diesem Moment ging wieder die Treppenbeleuchtung aus. Sie tasteten sich im Dunkeln hinauf, beim ersten Treppenabsatz drückte der Inspektor den Knopf.

“Dies ist mein Zimmer”, sagte Kirrmaier, als sie angekommen waren. “Mein Bett ist leider noch nicht gemacht.”

“Das stört mich nicht. Im übrigen” – der Inspektor lächelte maliziös – “haben wir unaufgeräumte Zimmer prinzipiell lieber als aufgeräumte.”

“Ich verstehe.” Kirrmaier sah zu, wie der andere mit geübtem Griff dieses und jenes anfaßte, umdrehte, schüttelte, beklopfte, doch nirgends, auch aus keinem Buch oder Heft, fiel irgendetwas heraus, was die Aufmerksamkeit des Suchenden erregt hätte.

“Haben Sie eigentlich noch den Zettel, von dem Sie mir am Telefon berichteten?”

Kirrmaier erschrak: er würde ihn doch nicht verloren haben? Er wühlte in allen Taschen – doch, hier war er!

Der Inspektor betrachtete ihn kurz und steckte ihn ein. “Darf ich fragen, wie Sie zu dem Zettel gekommen sind?”

“Ich habe ihn vom Austräger des Buchladens oben an der Ecke bekommen”, antwortete er, obwohl er genau wußte, daß er es dem Inspektor schon einmal gesagt hatte, eben bei jenem Telefongespräch.

“Ja richtig, ich erinnere mich wieder. Damals, als Sie mich anriefen, war allerlei bei mir los, da war ich mir auf einmal nicht mehr sicher, wie die Geschichte war. Ein sehr aufmerksamer Bote, finden Sie nicht auch? Und schnell zu Fuß soll er auch sein.”

Der Inspektor trat ans Fenster, zog die Gardine zurück und öffnete es. Tauben flogen auf. “Sie stehen wohl unter ständiger Beobachtung?” Er wandte sich lächelnd um und wies mit dem Kopf zum Nachbarhaus hinüber.

Kirrmaier verstand zuerst nicht, dann wurde er rot.

“Sie brauchen mir nichts zu erklären”, winkte der Inspektor ab, als er Kirrmaiers Verlegenheit sah. “Ich war selber lange Jahre Junggeselle, da ist man vielen ein Dorn im Auge, besonders wenn man dann noch das tut, was die andern nur mit dem Trauschein in der Hand zu tun wagen.” Der Inspektor hatte sich unterdessen gebückt und von unter dem Bett ein Blatt Papier hervorgezogen, an dem mehrere Staubflocken hingen. Er erhob sich und las: Schnee fällt auf die Hütte. Klingt wie ein Codewort. Muß ich es unserer Dechiffrier-Abteilung zeigen, Herr Kirrmaier?”

Kirrmaier errötete von neuem. “Es muß eigentlich heißen: Schnee fällt auf die Hüte. Ein Tippfehler. . .”

“Ist schon gut, es war nicht ernst gemeint.” Der Inspektor legte lächelnd das Blatt auf den Tisch. Kirrmaier hätte ihn gerne nach dem Stand der Ermittlungen gefragt. Aber irgendwie erschien es ihm als unfair, den Inspektor in dieser beinahe privaten Situation mit einer solchen direkten Frage zu überfallen.

“Hat man denn einen Verdacht gegen mich?” fragte er stattdessen. “Ich könnte mir schon denken, daß mich jemand bei Ihnen angeschwärzt hat.”

“Herr Kirrmaier, wir müssen jedem Hinweis nachgehen.”

Der Inspektor stand an der Tür. “Noch eins: wenn Sie irgendetwas Außergewöhnliches beobachten, bitte sofort anrufen!” Er grüßte und verließ das Zimmer.

Kirrmaier setzte sich auf den Rand des ungemachten Bettes. Wenn er mich quasi um meine Mitarbeit bittet, heißt das doch, daß sie noch nicht weit sind, dachte er. Wenn ich nur wüßte, wem ich diese Durchsuchung zu verdanken habe. Dem Slawisten? Oder dem Dicken mit seiner pomadisierten Locke?

Jetzt merkte er erst, daß er die ganze Zeit den blödsinnigen Hausschlüssel in der Hand gehabt und unten nicht abgeschlossen hatte. Hoffentlich war es dem Hauswirt noch nicht aufgefallen, diesem immer mürrischen und kleinlichen Gesellen. Wütend warf er den Schlüssel aufs Bett. Doch der widerborstige Gegenstand machte einen Satz und fiel polternd auf den Boden.

Er betrachtete von neuem die Karte aus Paris. “Und ich leiste mir jetzt auch Kuchen!” rief er aus, und eine Viertelstunde später saß er auf einer Bank im Botanischen Garten und verzehrte mit Genuß mehrere Stück Käse-Kirsch-Kuchen. Wie sich wohl das Wiedersehen mit Dorothea gestalten würde? fragte er sich in halb froher, halb banger Erwartung. Wenn ich Geld hätte, würde ich sofort nach Paris fahren. Ja, so reisen können wie Pohlmann!

Zwei Federballspieler erregten seine Bewunderung: sie schlugen den Ball nicht sinnlos hoch in die Luft und warteten, den Kopf im Nacken, bis er wieder herunterkam, sondern sie spielten ihn in Kopfhöhe, flach und scharf. Es war ein ständiger und rasanter Schlagabtausch, ein gewandtes Parieren zweier technisch perfekter Spieler, jeder Schlag war Abwehr und Angriff zugleich, selten, daß einer in wirkliche Bedrängnis kam. Was für ein eleganter Stil, dachte Kirrmaier, sicher Tennis- oder Tischtennis-Spieler.

Im Klubhaus aß er ein Kirsch-Joghurt, dann ging er zur alten Universitäts-Bibliothek. So, heute gönne ich mir aber Musik, sagte er zu sich, und die Bestimmtheit, mit der er das beschloß, galt seinem Gewissen. Dieses hätte zwar allen Grund gehabt, sofort Alarm zu schlagen, denn er hatte heute noch nichts getan. Aber es mußte die Vergeblichkeit eines Protests eingesehen haben, denn es ließ ihn gewähren.

Das Mädchen, das für den Musikraum zuständig war, empfahl ihm eine Neuanschaffung: den "Ring" in einer neuen Aufnahme. Kirrmaier dankte für den Hinweis, ließ sich aber zu ihrer Enttäuschung statt bombastischer Klangorgien die frühen Klavierstücke von Satie auflegen. Auslöschung des Zeitempfindens, Stillstands-Bewegung, Liquidation des entwicklungsgesteuerten "Form-Werdens": weder die Darwinsche Entwicklung des Einzellers zum Homo sapiens noch Goethes Metamorphose. Stattdessen: "S'élever au rang d'une chose" – "Sich auf die Stufe eines Dings erheben", "Désespoir agréable" – "Angenehme Enttäuschung". Als die Platte zuende war, ließ er sie sich noch einmal auflegen. Und wieder das unaufhörliche Fallen in der Bewegungslosigkeit.

Das Gesicht mit der Maske

Die angenehme Kühle des Lesesaals. Vor ihm saß wieder der Mann mit dem mächtigen Hintern. Sicher kein Gourmet. Stopft wahllos Nudeln, pommes frites und Bouletten in sich hinein. Nur der Asket ist anspruchsvoll. Es gibt allerdings Mischtypen, angesiedelt irgendwo in der Mitte zwischen Gourmandise und Freßsucht. Die Mischtypen haben es nirgends leicht, man haßt sie, weil sie in kein Schema passen, in keiner Schublade ruhig liegen bleiben, sich von keiner Partei vereinnehmen lassen. Und daß derselbe Mensch mystische Neigungen haben und irdischen Lustbarkeiten fröhnen kann, ohne daß sich diese beiden Richtungen stören, das begreifen die Leute schon gar nicht, weil sie unter Mystik etwas Abstruses verstehen und die Lust auf ihren flachsten Gehalt reduziert haben. Dabei hätten sie es von ihrem heißen Costa-Brava-Sandstrand, an den sie Jahr für Jahr fahren, gar nicht weit, um aus dem Innern des Landes eine Ahnung vom Wesen der Mystik mit nach Hause zu nehmen, von dieser glühenden Erde, von diesem leeren Himmel.

Und was war er selbst? Kirrmaier wußte es nicht, und das war gut so. Hätte er es gewußt, er hätte vielleicht versucht, seine Mitmenschen nach seinem Bilde zu formen. Am Abend war das Jazz-Konzert, fiel ihm ein.

Chet Baker kam mit einem ausgezeichneten Vibraphonisten. Die beiden hatte er schon letztes Jahr gehört, und er war fasziniert gewesen von der Ausstrahlung, der Ruhe und Transparenz ihres Spiels, etwas, das nur ohne Rhythmus-Gruppe zu erreichen ist – und mit Schweigen, das es in jeder wahren Musik gibt. Daß man auf einer Trompete so spielen kann! "Why shouldn't you cry?" Nach einer solchen Musik fiel einem erst so richtig auf, wie überladen, wie überarrangiert die durch Playbacks 'angereicherten' Schallplatten häufig sind, die man auf dem Markt bekommt. Fülle soll da vorgetäuscht werden, die doch nur dort entsteht, wo die äußerste Reduktion gewagt wird. Die Welt vom Urgrund der zehntausend Dinge aus betrachten, mit der Trompete am Mund, dem golden blitzenden Herrscher droben am dunklen Himmel. Dabei weit entfernt von problemloser Abgeklärtheit und wohlfeilem Insichselberruhen – die Töne waren der Nachhall von Schreien. Dieser Mann hatte geschrien, das hörte man seiner Musik an, auch ohne seine Biographie zu kennen. Kirrmaier mußte wieder an jenen Irren auf dem Hof im Spessart denken, der mit dem Megaphon vor dem Mund Satzfetzen in die Welt schleuderte. Er hatte nicht mehr die Kraft, sie in Sprache zu verwandeln, die andere Menschen erreichen konnte. Der Trompeter verwandelte seine Schreie in Musik – hoffentlich würde er es noch lange können.

Manchmal, wenn er mit Ulrike zusammen war, schien es ihm, als wolle sie schreien, doch lachte sie dann, und er war erleichtert. Jetzt aber bedrückte ihn die Erinnerung daran. Die erstickten Schreie der Menschen. Es scheint, die Laute verlieren sich alle in den verwüsteten Räumen des Innern. Wer den Schrei in den Reden der Menschen nicht mithört, hat nur die Spitze des Eisbergs gesehen, auf der die freundliche Sonne liegt.

Konnte er Ulrike helfen? Er wußte nicht wie. Sie schrie mit stummem Mund und lauschte schreckgebannt den Tönen, wie sie verhallten. Dann war sie wieder ausgelassen, nichts schien ihr etwas anhaben zu können. Und er: welche Rolle spielte er für sie bei diesen furchtbaren Wechseln ihrer Stimmung? War er nur ein austauschbarer Begleiter, für den Fall, daß eine flüchtige Laune sie überkam? Oder brauchte sie ihn, um an seiner Seite besser die Schreie auszuhalten, die roten Sprünge, die ihr Inneres tat? Ja, er mußte mit Ulrike ins Reine kommen! Jetzt wußte er, was ihn heute sehr früh am Morgen nicht mehr hatte einschlafen lassen. Er mußte sie suchen, sich mit ihr aussprechen.

Er schloß die Bücher und Hefte und eilte aus dem Saal. Wo mochte sie sich aufhalten? Er fand sie leicht, überraschend leicht. Sie saß auf einer Bank im Botanischen Garten. Er fand sie – und erschrak: sie war völlig kalt und unnahbar, ein Gespräch mit ihr war kaum möglich. War ein anderer im Spiel? Nein, hier wäre auch einem anderen, jedem beliebigen anderen, der Zugang zu ihrem Innern verwehrt worden. Dieser Blick verriet keinen Kampf, keine Suche, auch keine Trauer – er war in vollkommener Gleichgültigkeit auf die Dinge ringsum gerichtet, er war reine Abweisung, die keine Diskussion wünschte.

Er fragte sie einiges, bekam aber kaum eine Antwort. Immerhin erfuhr er, daß sie am Nachmittag nach Hause fahren würde, in ein Städtchen bei Hannover, wo ihre Eltern eine Apotheke hatten, wie er von ihr wußte. Vielleicht war das Semester, ihr erstes, nicht zufriedenstellend zuende gegangen? Oder war etwas mit ihren Eltern, mit denen sie sich so gut verstand? Sie antwortete auf keine Fragen mehr, sein Angebot, sie am Nachmittag zum Zug zu bringen, lehnte sie mit einem Kopfschütteln ab. Er war von ihrem Leben ausgeschlossen, es gab keinen Punkt, wo er hätte ansetzen können. Er sah nur noch die Möglichkeit, zu warten und auf eine Änderung ihrer Gemütsverfassung zu hoffen.

Er verließ sie, langsam, mit schweren Schritten und ohne sich umzusehen. Er wollte nicht wahrhaben, was er soeben erlebt hatte, und mußte es doch akzeptieren. Hilfe wurde nicht erwartet, wurde gar abgewehrt. War das überhaupt noch Ulrike? War das nicht ein ganz anderer Mensch, der ihr Aussehen angenommen hatte, um ihn zu narren? Sie kannten sich noch kaum und schon zettelte das Leben das an, was nötig war, damit sie einander fremder wurden, als sie es je waren.

Er kehrte an seinen Platz im Lesesaal zurück, stand nach kurzem Starren auf die Bücher wieder auf, setzte sich in den kleinen Hof zwischen der alten und der neuen Bibliothek, wo ein paar Rosen gepflanzt waren, und versuchte, einen klaren Gedanken zu fassen. Hierher verirrte sich selten jemand, die Existenz dieser kleinen Anlage schien unbekannt zu sein. Ganz in der Nähe fluteten die Massen vorbei, saßen eng wie die Heringe auf Stühlen und Stufen, drängten sich in den Korridoren und Sälen, besetzten jedes Fleckchen Wiese – hier konnte man in Ruhe ein Buch lesen und seinen Gedanken nachhängen, im Duft der Rosen und der Akazienbäume, die zwischen den hohen Wänden der beiden Gebäude ein abgeschiedenes Leben führten.

Er fühlte sich, wenn er so dasaß und zu dem viereckigen Himmelsausschnitt hinaufblickte, in den Süden versetzt, sah die Kalkfelsen der Alpilles und sog den Duft von Lavendel und Thymian ein. Und er dachte an die durch die Sonne bestimmte Ordnung der sichtbaren Dinge dort unten und an die langsame Wandlung dieser Ordnung, der man den ganzen Tag zuschauen konnte. “Ce toit tranquille, où marchent des colombes, / entre les pins, entre les tombes; / midi le juste y compose de feux / la mer, la mer toujours recommencée! . . .” Das Meer ein Dach, das mitten in den Pinien und den Gräbern wogt und auf dem Fischerboote fahren, deren weiße Segel an Tauben erinnern: nickend gehen sie über das Meer, “das Meer, von neuem stets begonnen”. Die alte mythische Vorstellung der Seele als eines Vogels. Die Taube als der Seelenvogel: die Seele des Verstorbenen fliegt empor in die himmlische Freude.

Sehnsucht nach dem Süden und Todesstimmung – wie paßt das zusammen? Kirrmaier sprang auf, verließ den kleinen Hof, ferne Erinnerung an jenen anderen aus der Kindheit mit der riesigen Linde in seiner Mitte, und ging unruhig unter den Kastanienbäumen hin und her. Der Gedanke an Ulrike lag ihm schwer auf der Seele, der maskenartige Ausdruck ihres Gesichts hörte nicht auf, ihn zu quälen. Vielleicht war es ein Schock, die verspätete Reaktion auf das furchtbare Geschehen vor ein paar Tagen? Besonders eng war ihre Beziehung zu dem Ermordeten wohl nicht gewesen, wenn er seinem Eindruck trauen konnte. Trotzdem war eine Bindung dagewesen, das war ihren spärlichen Äußerungen zu entnehmen.

Er erinnerte sich wieder an ihr angstvolles Gesicht, damals, als er im Begriff war, sie anzusprechen. Wovor hatte sie sich gefürchtet? Vor ihm und einem möglichen Angesprochenwerden ganz sicher nicht. Vor dem Mann, der draußen auf sie wartete? Wenn sie Angst vor ihm hatte, warum ging sie dann mit ihm fort? Lehnte sie ihn ab und konnte sich ihm doch nicht entziehen? War sie ihm hörig? Und mit dem Slawisten war sie auch liiert gewesen, hatte ihn aber, wie er bei dem Gespräch in der “Stadtpost” behauptet hatte, aufgegeben. Würde er sich rächen? Hatte er Ulrike vielleicht schon lange in der Hand? War der Mord nur eine Etappe auf dem Weg durch die Hölle? So viele Fragen, und keine Antwort wollte sich einstellen, es war zum Verzweifeln.

Er ging wieder in die Bibliothek. Als er die Treppe hinaufstieg und durch die hohen Fenster sah, erblickte er den Boten, der ohne Taschen und in höchster Eile auf die Bibliothek zulief. Kirrmaier drehte sich um, jagte die Treppe hinunter, und als er die Eingangstür aufstieß, rief der Bote ihm aufgeregt entgegen: “Kommen Sie! Schnell! Kommen Sie!”

Vor der Kirche

“Was haben Sie denn?” fragte Kirrmaier beunruhigt.

“Sie ist auf dem Kirchturm!” keuchte der Bote, “und der andere ist auch oben, Sie wissen schon, wen ich meine, der aus dem Laden. . .”

Kirrmaier lief die Hauptstraße zum Zentrum hinauf, durch die Einbahnstraße am Hintereingang der Buchhandlung vorbei, bog um die Ecke – vor ihm, auf dem Platz vor der Kirche, wogte eine riesige Menschenmenge. Sie war wie ein Kopf mit tausend Augen, Kirrmaier stand ihr hilflos gegenüber. Er hatte das Gefühl, als seien alle Augen auf ihn gerichtet, dabei sahen sie zur Kirche hinauf. Dort, ein paar Schritte von der Wand entfernt, stand eine Gruppe von Menschen um etwas herum, das auf der Erde lag. Kirrmaier lief die Gasse an der Kirchenmauer hinab und die nicht endenwollenden Stufen zur Rückseite der Kirche hinauf, wo er nicht selten auf einer der Bänke gesessen und sein Frühstück verzehrt hatte. Wie seltsam die Bänke ihm entgegensahen, als ob er noch niemals hier gesessen wäre, als ob sich ein Fremder hier eingeschlichen hätte! Er stürzte am Eingang der Kirche vorbei – und prallte wieder gegen die Menge.

“Lassen Sie mich durch!” rief er, und die Leute wichen unwillig und murrend zur Seite. Da stand der Inspektor, neben ihm noch ein bekanntes Gesicht: Pohlmann! Und zwischen beiden, die Augen auf die Decke gerichtet, unter der ein Mensch zu liegen schien, der Slawist! Er hat sie umgebracht, er hat sie vom Turm gestoßen! schoß es Kirrmaier durch den Kopf, und er stieß die letzten, die ihm den Weg versperrten, beiseite. Aber er ist ja nicht gefesselt, er trägt keine Handschellen und wird weder vom Inspektor noch von den Polizeibeamten, die dabeistehen, festgehalten. Nein, dann war er es wohl nicht. Was aber hatte Pohlmann hier zu suchen, der doch schon längst auf seiner Geschäftsreise zu sein hatte?

Jetzt war Kirrmaier bis zur Gruppe vorgestoßen. Die Polizisten wollten ihn zurückhalten, doch der Inspektor, der sich umgedreht hatte, gab ihnen ein Zeichen.

"Herr Kirrmaier", sagte er und legte ihm die Hand auf die Schulter, "Sie wissen, was geschehen ist. Bitte bleiben Sie ruhig, Sie können nicht mehr helfen."

Pohlmann trat zu ihm. "Sie ist heruntergesprungen, ich konnte es nicht mehr verhindern", sagte er.

"Wenn ich nur ein bißchen früher gekommen wäre!" sagte der Slawist mit zerbrochener Stimme. "Sie kam ein paar Minuten vor der verabredeten Zeit und war schon oben, als ich unten nichtsahnend auf sie wartete."

"Meine Herren, die Selbstvorwürfe haben keinen Sinn. Wir gehen hinüber. Ich habe Ihnen etwas zu zeigen."

Kirrmaier starrte auf die Decke, dann in Inspektor Wegeners Gesicht, die anderen nahm er nur verschwommen wahr. Wegener führte ihn weg von dem furchtbaren Ort, fast ohne Bewußtsein ging er an den Menschen vorüber, die die Hälse reckten; Pohlmann folgte mit dem Slawisten. Es war ein endloser Gang, auf dem alles, was sich in den letzten Tagen ereignet hatte, an Kirrmaiers innerem Auge vorüberzog. Das geschah freilich in einer anderen Ordnung als in der von Raum und Zeit, die, wie sich nun zeigte, in den tieferen Schichten des Erlebens ihre prägende Kraft nicht mehr zur Geltung bringen konnte. All das, was er gehört und gesehen, gefühlt und gedacht hatte, trat in immer neuen Kombinationen zu Bildern zusammen, die sich sofort wieder auflösten. Es war, als sehe er zum ersten Mal in seinem Leben hinter das Netz, das ihm bisher die Sicht versperrt und dessen Maschen er immer nur erahnt hatte. Er war aus sich selber herausgetreten, gekippt in eine andere Figur der Welt.

Dann saß er oben in dem Zimmer, das er, in das Grau der Alltags-Wahrnehmung zurückkehrend, von seinem ersten Besuch her wiedererkannte.

“Ich schulde Ihnen eine Erklärung”, sagte Pohlmann. “Ich bin nicht der, für den ich mich ausgegeben habe. Ich bin Kriminalbeamter und hatte gewisse Personen zu beobachten, die in dem Mordfall zu dem Kreis der Verdächtigen gehörten. Ich hoffe, Sie nehmen es mir nicht übel, es war notwendig.”

“Und nun zu dem, was ich Ihnen zu sagen habe.” Der Inspektor zog einen Brief aus der Tasche. “Diesen Brief hat Fräulein Feyerabend hinterlassen, er lag oben auf der Aussichts-Plattform. Ich lese ihn vor, da wir dieses wichtige Dokument nicht aus der Hand geben können.”

Kirrmaier und der Slawist senkten die Köpfe und vernahmen wie aus weiter Ferne den Inhalt des Briefs. Es war wie ein Erwachen, bei dem man seinen wahren Namen erfährt.

Friedrich Pahl hat mich, als ich dreizehn Jahre alt war, verführt und zu seiner Geliebten gemacht. Er hat mich seitdem mit allen Mitteln, mit Drohungen und Schlägen an sich gekettet. Er ist mir überallhin gefolgt, und als ich in dieser Stadt mit dem Studium begann, versuchte er, mir wie bisher meine Lebensweise bis ins Detail vorzuschreiben. Ich wußte nicht mehr, was ich tun sollte. Vor zwei Wochen fuhr ich nach Hause und entwendete aus der Apotheke meiner Eltern ein rasch wirkendes tödliches Gift. Mit diesem habe ich Pahl umgebracht, und zwar während einer Vorstellung im Kino "Hirsch". Ich habe das Gift in ein Stück Marzipan gespritzt und es ihm etwa zwanzig Minuten vor Ende der Vorstellung gegeben. Gleich darauf verließ ich den Saal, da mir schlecht wurde.

Ich sah keine andere Möglichkeit, mein Leben war verpfuscht. Heute beende ich durch Freitod mein eigenes Leben.

Der Inspektor schaute auf. "Wir hatten nach der Autopsie, bei der das Gift im Körper des Toten gefunden wurde, sofort Fräulein Feyerabend im Verdacht, die ihre Beziehung zu dem Ermordeten, als wir sie befragten, nicht leugnete. Daß die Beziehung dieser Art war, wußten wir allerdings nicht, und so kam für uns als Motiv ebenso Eifersucht infrage. Wir konnten Fräulein Feyerabend nichts nachweisen, auch nicht den Kauf des Marzipans, den sie irgendwo außerhalb getätigt haben mußte. Es fand sich auch keines der Einwickelpapiere, die ich unter anderem bei Ihnen gesucht habe, Herr Kirrmaier. So kamen eben doch mehrere Bekannte von Fräulein Feyerabend als mögliche Eifersuchts-Täter infrage. Ebenfalls wäre schließlich denkbar gewesen, daß sie einen ihrer Bewerber zu der Tat angestiftet hätte. Gott sei Dank ist ein so weitgehender und furchtbarer Verdacht durch den Brief der Toten aus der Welt geschafft. Wir gehen davon aus, daß der Inhalt dieser letzten Worte der Unglücklichen der Wahrheit entspricht. Der Fall ist damit abgeschlossen."

Inspektor Wegener erhob sich und reichte Kirrmaier die Hand. "Ich wünsche Ihnen alles Gute", sagte er. Dann verabschiedete er den Slawisten.

"Nichts für ungut", sagte sein Assistent, der das Fenster verlassen hatte, durch das er während der Verlesung des Briefs hinausgeblickt hatte. "Vergessen wir den Namen Pohlmann. Ich wünsche Ihnen viel Glück für die Beendigung Ihres Studiums und für den späteren Beruf."

Kirrmaier dankte, und die beiden wurden auf den Korridor hinausbegleitet. Auf der Straße trennten sie sich. Es war früher Nachmittag, der Himmel leicht verhangen.

Kirrmaier ging an der Alten Aula entlang zum Platz vor der Kirche hinunter, über den die Menschen flanierten wie an jedem gewöhnlichen Tag. Ein Transporter war in die Einbahnstraße hinter der Buchhandlung eingebogen, blieb aber stecken, und es ging weder vor noch zurück. Der Kronprinz hatte den Laden verlassen und versuchte durch Zeichen zu helfen. Ein ganz sympathischer Mensch, dachte Kirrmaier, hoffentlich überläßt der Chef ihm später das Geschäft. Der Fahrer streckte sein Gesicht aus dem Führerhaus, es war wutverzerrt. "Verdammte Stadt hier!" schrie er, sein Akzent aus dem Kohlenpott war unüberhörbar.

"Die dummen Ruhrköppe, die sollen doch bleiben, wo sie hergekommen sind", sagte in der Menge ein Mann mit Hut und Schirm über dem Arm. Es begann zu regnen, Staubwirbel fegten die Straßen leer.

Kirrmaier ging am Buchladen vorbei und schlug die Richtung zur Universität ein. Diese ließ er jedoch links liegen, ebenso rechterhand das Klubhaus und die alte und die neue Bibliothek. Er folgte der Hauptstraße bis zum Stadtausgang, und nachdem er den nördlichen Vorort durchquert hatte, stieg er die Hänge zur Hochfläche empor. Ein Gedanke trug ihn hinauf und gab ihm die Kraft weiterzugehen: morgen kommt Dorothea.

Der Autor dieses Buches ist auch Herausgeber der Reihe DAS RUSSISCHE GEDICHT, die ebenfalls im Gunter Narr Verlag Tübingen, erscheint. Die ersten Bände:

ALEXANDER PUSCHKIN

Ein Denkmal schuf ich mir

Ausgewählte Gedichte in neuen Übertragungen
von Kay Borowsky, Ludolf Müller und Irmgard Wille.
Mit einem Nachwort von Gudrun Ziegler

Puschkin (1799–1837), in Deutschland bekannt vor allem durch den Versroman "Eugen Onegin", das Drama "Boris Godunow", durch Erzählungen wie "Pique Dame", gab der russischen Schriftsprache ihre endgültige Gestalt und gilt als der eigentliche Schöpfer der neuen russischen Literatur.
Die Tübinger Auswahl aus Puschkins lyrischem Werk – die letzte in deutscher Sprache liegt weit zurück – stellt sich in neuen Übertragungen den Anforderungen klassisch-vollendeter Dichtkunst. Dennoch ist es erstaunlich, mit welcher Leichtigkeit diese Gedichte über einen Zeitraum von 150 Jahren den modernen Leser erreichen und ihm Zugang zu einem bei uns immer noch viel zu wenig bekannten Dichter der Weltliteratur ermöglichen.

LEW DRUSKIN

Mein Garten ist zerstört

Ausgewählte Gedichte
Aus dem Russischen übersetzt und mit einem Nachwort von Kay Borowsky.
Der Zyklus "Ich werde weinen über meinen Unglauben" wurde von Ludolf Müller übertragen.

Druskin, 1921 in Leningrad geboren, durch eine frühe Erkrankung zeitlebens ans Bett gefesselt, veröffentlichte sieben Lyrikbände, schrieb für Zeitungen und Rundfunk und war als Übersetzer tätig. Angesichts steigender Repressalien entschloß er sich 1980 zur Emigration, die ihm als Jude möglich war.
Mit "Mein Garten ist zerstört" liegt die erste Gedichtsammlung in deutscher Sprache vor: Zeugnis eines von der Natur und Kultur Rußlands geprägten Dichters, der in schöner, klarer, beherrschter Sprache hellsichtig Stellung bezieht zu Themen der Zeit.

Gerhard Oberlin

SONNEN-FLECKEN

Gedichte

Wer hat das Format, das große Erbe der modernen deutschen Lyrik der 50er bis 70er Jahre, etwa eines Paul Celan oder Ernst Meister, in eigenständiger Weise fortzuführen? so fragt man sich schon lange. Gedichtet wird viel, ja mit allerlei Gereimtem und Rhythmisiertem werden erfolgreich die Verächter bzw. Ignoranten des freien Verses mobilisiert. Wer aber teilt die Wellen dieser Lyrik-Schwemme mit dem Zauberstab einer Poesie, die ihre Herkunft aus der Moderne nicht verleugnet und den Leser zugleich weiterführen möchte zu neuen Horizonten? Dieser Mann scheint gefunden zu sein: es ist Gerhard Oberlin mit seinem ersten, für einen Anfänger ungewöhnlich souverän geschriebenen Gedichtband "Sonnen-Flecken". Er gibt uns die Gewißheit, daß die Moderne keineswegs tot ist, wie man uns einreden will. Oberlin setzt mit seiner starken dichterischen Phantasie, die sich in einer metaphernreichen und mit ungemeinem Feingefühl rhythmisch gehandhabten Sprache verwirklicht, dort ein, wo man glaubte, nicht mehr weitermachen zu können oder zu müssen. Er zeigt uns, daß noch lange nicht alle Quellen unserer Sprache ausgeschöpft sind, und er gibt uns die Hoffnung, daß für die Lyrik nun wirklich eine neue Zeit angebrochen sei!

Gunter Narr Verlag